KB115290

백준 新무협 판타지 소설

眞家
진가도

FANTASTIC ORIENTAL HEROES

진가도 2부 1

백준 新무협 판타지 소설

초판 1쇄 찍은 날 § 2015년 11월 13일
초판 1쇄 펴낸 날 § 2015년 11월 20일

지은이 § 백준
펴낸이 § 서경석

편집책임 § 이창진

펴낸곳 § 도서출판 청어람
등록번호 § 제1081-1-89호
등록일자 § 1999. 5. 31
어람번호 § 제2-2609호

주소 § 경기도 부천시 원미구 심곡1동 350-1 남성B/D 3F (우) 14640
전화 § 032-656-4452 팩스 § 032-656-4453
http://www.chungeoram.com
E-mail § eoram99@chollian.net

ISBN 979-11-04-90513-1 04810
ISBN 979-11-04-90512-4 (세트)

진가도

眞家刀

1

2부

백준 新무협 판타지 소설

FANTASTIC ORIENTAL HEROES

도서출판
청어람

목
차

第一章
놀던 강아지는 집을 잃고

진가도

저벅! 저벅!

풀밭 위로 호피 무늬 가죽신을 신은 남자가 걷고 있었다. 자색의 포의와 단정하게 올려 묶은 머리가 어울렸고 얼굴엔 짧은 수염과 인자한 눈빛이 어우러져 있었다.

중년인은 단단한 체구였는데 왼손으로 연신 수염을 쓰다듬으며 주변에 길게 자라난 죽림을 둘러보고 있었다. 죽림 사이로 작은 냇물이 흘렀고, 그 주변에 일꾼들이 보였다. 그들은 이곳을 관리하는 정원사들이었다.

정원사들의 인사를 손으로 답한 중년인은 천천히 걸음을 옮기다 작은 담장에 있는 문 안으로 들어갔다.

"아, 스승님."

마당에서 탕약을 달이던 예소가 안으로 들어온 중년인을 향해 허리를 숙였다. 그는 독선문의 문주이자 중원천하의 오왕 중 한 명인 독왕(毒王) 조자경이었다.

독선문의 문주인 조자경이 이른 아침부터 나타나자 예소는 긴장한 표정을 보였다.

"오셨어요."

"들어가자."

"예."

조자경이 안으로 들어가자 그 뒤로 예소가 따라갔다.

방 안에는 진한 탕약 냄새가 맴돌았지만 조자경과 예소는 오히려 그 냄새가 좋은지 신경도 안 쓰는 듯 보였다.

조자경과 예소는 한쪽에 누워 있는 젊은 청년을 바라보았다. 청년은 창백한 안색이었고, 깊은 잠에 빠져 있는 것처럼 보였다.

"정아는?"

"성에 나가 있어요."

"책방에 갔군?"

"아… 저기, 그게……."

예소가 선뜻 대답을 못 하자 조자경은 미간을 찌푸리며 말했다.

"이 계집애가 무공이나 수련할 것이지 도색지에나 빠져 가지고… 쯧!"

조자경은 임정이 읽던 책을 한번 본 이후 상당히 큰 충격에 빠져 있었던 기억을 떠올렸다. 남다르다는 것은 알았지만 확실히 임정은 독특했다.

"그러니 시집을 못 가지."

조자경은 다시 한 번 중얼거린 뒤 누워 있는 청년의 팔을 잡아 진맥했다.

"많이 좋아졌는데 여전하군."

"언제쯤 깨어날까요?"

"한 달은 더 지나야 할 것 같아. 지금 눈을 떠봤자 몸에 도움이 되겠어? 아직은 아니야."

"예."

조자경의 말에 예소는 고개를 끄덕였다.

"그것보다 청녹고를 다섯 마리나 썼고 혈수유를 한 병이나 썼어. 그런데도 못 고치면 안 되겠지?"

"예."

예소는 독선문에 있는 극독 중 하나인 청녹고를 떠올렸다. 녹색의 거머리로 새살을 돋게 하는 뛰어난 능력이 있는 독충이었다. 새살을 돋게 하는 효능에도 독충으로 분류되는 이유가 있다면 피를 빨아 먹으며 몸을 마비시키는 독을 내뿜기 때문이다.

슥!

예소가 청년의 옷깃을 들추자 배가 드러났고 그 위에 올라가 있는 세 마리의 녹색 거머리가 보였다. 꿈틀거리는 모습이 징그럽게도 보였지만 예소는 그저 담담한 눈빛으로 쳐다보았다. 그게 청녹고였기 때문이다.

혈수유는 피를 만드는 데 큰 효과가 있는 약이자 거의 모든 독을 중화시키는 데 큰 효과가 있는 해독제였다. 그 역시도 매우 귀한 것으로 돈으로 환산하기 어려운 독선당의 기보였다.

두 가지의 기보를 동시에 사용했기 때문에 누워 있는 청년은 살 수가 있었다.

조자경은 여전히 청년의 손목을 잡은 채 놓지 않았다. 진맥은 벌써 끝난 상태였고 내력을 주입하는 중이었다.

청년의 몸에 퍼진 청녹고의 독을 중화시키기 위해 내력을 주입하는 중이었고 평소에는 임정이 그 일을 하고 있었다. 독으로 독을 제압하는 이독제독(以毒制毒)의 이치를 통해 청년의 몸을 관리하는 중이었다.

"흠……."

일다경 정도 내력을 주입해 청년의 기혈을 다독이던 조자경은 곧 손을 거두고 일어났다.

"죽은 잘 먹이고 있지?"

"예."

예소의 대답에 조자경은 가볍게 미소를 보였다.

"그만 가보마."

조자경이 밖으로 나가며 말하자 예소가 뒤를 따라갔다.

마당에 나온 조자경은 뭔가 생각난 듯 말했다.

"천문성에서 진파랑을 찾는 데 혈안인 모양이야. 어디에 있는지 제보만 해도 금 만 냥을 준다는군."

"그렇게 해봤자 소용없어요. 설혹 여기에 있다는 것을 안다 해도 그들이 무엇을 하겠어요? 그저 먼 산을 바라보며 구경만 하겠지요."

"혹시 모르니 조심하거라."

"예."

예소의 대답에 조자경은 가볍게 미소를 보였다.

"그런데 마 소저는 언제 온다고 했지?"

"모용세가에 갔다가 온다고 했으니 시간이 걸리지 않을까요?"

"그렇겠지. 그런데 네가 볼 때 마 소저와 진파랑의 관계가 어떤 것 같으냐?"

"어떤?"

"여자의 감으로 말이다, 감."

조자경이 수염을 쓰다듬으며 은근한 눈빛으로 물었다. 그것이 애정이란 것을 예소는 직감하고 있었다.

"잘 모르겠어요."

예소는 고개를 저으며 대답했다.

"네가 잘 모르겠다라……. 뭔가 아는 것 같은데?"

조자경이 눈을 지그시 뜨며 쳐다보자 예소는 고개를 돌렸다. 그의 눈빛이 날카로웠고, 속을 들킬 것 같았기 때문이다.

"정말 잘 몰라요."

"에효……. 휴… 여제자가 많으면 뭐하나, 제대로 된 남자 하나 물어 오지 못하는데……. 쯧! 쯧! 좀 제대로 된 놈이라 생각했더니 마 소저가 옆에 있고… 정아나 너나 둘은 좀 제대로 된 사내놈과 엮어주고 싶은데 말이야. 고민이다."

"저는 걱정 안 하셔도 돼요, 호호호호!"

예소가 손을 저으며 조자경의 시선을 회피했다. 그의 눈빛을 감당할 자신이 없었기 때문이다.

"저보다는 대사저를 먼저 좀… 저 멀리 보내시는 게, 호호호!"

예소의 말에 조자경은 혀를 차며 밖으로 걸어 나갔다. 그가 멀어지는 모습을 쳐다보던 예소는 곧 가슴을 쓸어내리며 탕약 불을 조절했다.

"진 소협만 다 나으면 빨리 여길 떠야겠다. 스승님께서 저렇게 계속 압박하시면 큰언니하고 대판 싸울 것 같기도 하고……."

"뭘 그렇게 혼잣말을 열심히 하고 그래?"

"어?"

예소가 소리 없이 나타난 목소리에 놀라 고개를 돌리자 그곳에 여우 가면이 서 있었다. 붉은 옷에 여우 가면을 쓴 마애는 고개를 갸웃거리며 그녀의 주변을 살피는 듯했다.

"아… 작은언니 오셨어요?"

"흐음… 음…….."

마애는 예소의 인사를 듣고도 고개를 좌우로 움직이며 그녀의 모습을 살폈다.

"왜 그래요?"

"남자가 저렇게 안에 알몸으로 누워 있는데 아무 일도 없었나 해서."

"별일이 있겠어요? 남자가 아니라 환자예요."

"호오… 정말?"

마애는 다시 한 번 예소를 살피다 곧 콧노래를 흥얼거리며 안으로 들어갔다. 그 모습에 예소가 놀라 따라갔다. 마애는 어떤 행동을 할지 모르기 때문이다.

"호호."

방 안에 들어온 마애는 누워 있는 진파랑의 모습을 쳐다보며 말했다.

"이 사람 일어나면 다시 나를 죽이려 들까?"

약간은 걱정스러운 목소리가 흘러나오자 예소는 고개를 저었다.

"그렇지 않아요. 생명의 은인인 우리예요. 아무리 진 소협이 작은언니와 원한이 있다 하지만 우리에게 입은 은혜 역시 큰 것이에요. 저희가 없었다면 지금 이렇게 살아 숨 쉬지 못했을 테니까요."

"풋!"

마애가 갑자기 코웃음을 날렸다.

"왜요?"

"아무것도 아니야."

"너무 크게 걱정하지 마세요. 큰언니도 그 점을 걱정하셨지만 진 소협의 성격상 작은언니를 어쩌지는 못할 거예요. 그것보다 언니나 진 소협에게 장난치지 마세요."

"풋!"

마애는 다시 코웃음을 흘렸다. 그 소리에 예소가 아미를 찌푸렸다. 자신이 말을 할 때마다 코웃음을 흘렸기 때문에 무시당한 기분이 들었기 때문이다. 그때 마애의 손이 바지 가운데 솟은 무언가를 잡고 있는 게 보였다.

"악!"

예소가 놀라 소리쳤고 마애가 소매로 여우 가면의 입을 가렸다.

"호호호! 많이 아프다고 하더니 건강하네."

"망측하게 뭘 잡고 있어요!"

"죽어 있어야 할 게 서 있으니까 그렇지. 그건 몸이 어느 정도 건강을 찾았다는 증거 아니야? 너 매일 아침 놀라겠다?"

"시집도 안 간 아녀자가 왜 그렇게 망측해요!"

예소가 얼굴을 붉히며 마애의 손을 치우고 이불을 덮었다. 그 모습에 마애가 의자를 당겨 앉았다.

"망측하기는 무슨… 남녀가 다 거기서 거기지, 남자의 알몸을 매일같이 구경하는 네가 좀 부럽네."

마애가 엉덩이가 무겁다는 듯 의자에 몸을 비비자 예소가 아미를 다시 한 번 찌푸렸다. 사실 그녀가 여기에 있어야 할 이유가 없었기 때문이다.

"사천 쪽에 갔다고 들었는데 벌써 온 거예요?"

"며칠 뒤에 다시 가야 해, 그동안 잠시 쉬려고 왔어."

마애는 자신의 붉은 손톱을 살피며 이리저리 그 모양을 감상하는 듯했다. 물론 그녀의 손톱에 독이 있다는 것을 예소는 잘 알고 있었기에 이불을 들춰 진파랑의 거기를 살펴보고 있었다. 혹시라도 중독 현상이 있는지 알아보기 위함이다.

"부끄럽지도 않니?"

마애의 목소리에 예소는 얼굴을 붉히며 재빨리 이불을 내렸다.

"흥!"

마애의 농간에 놀아난 기분이 든 것일까? 예소가 평소답지 않게 조금은 화난 표정으로 고개를 돌렸다.

사박! 사박!

밖에서 가벼운 발소리가 들리자 마애는 자리에서 일어섰

고 예소는 고개를 돌렸다. 그리고 그녀들의 눈에 한 손에 책을 가득 담은 보자기를 든 임정이 모습을 보였다.

"으흥, 흥! 흥!"

그녀는 기분이 좋은지 콧노래를 흥얼거리며 안으로 들어오다 마애를 보자 차가운 시선을 던졌다.

"뭐야? 너 여기 언제 왔어?"

"방금이요."

"쟤 얌전했지?"

마애의 대답에 임정이 고개를 돌려 예소에게 시선을 던졌다. 예소가 슬쩍 시선을 돌려 진파랑의 이불을 쳐다보았다.

"별일은 없었는데 작은언니는 근데… 너무 거리낌이 없어요."

"무슨?"

"남자의 거기를 아무렇지도 않게 만지는데 놀랐어요."

"뭐? 거기라니?"

"거기 있잖아요, 거기!"

예소가 얼굴을 붉히며 소리치자 임정은 슬쩍 시선을 돌려 진파랑의 이불을 쳐다보았다. 그 가운데 무언가 불룩하자 눈을 부릅떴다.

"어머! 저거 왜 저래?"

"왜 저러겠어요? 저건 건강이 어느 정도 돌아왔다는 증거예요. 뭘 그렇게 놀라고 그래요. 남자들은 다 저런데. 건강하다는 증거니까 좋은 거 아니에요?"

마애가 말하자 임정은 살짝 얼굴을 붉히더니 의자에 앉았다. 임정은 관심을 주는 듯했지만 손에 든 책을 펼치며 말했다.

"알았어. 알았으니까 책이나 정리해, 서재에 잘 꽂아. 내 눈높이에 맞춰서 둘째 칸에 잘 정리해 놔."

"예."

마애와 예소가 임정의 명에 군말 없이 보자기를 풀고 책을 서재에 꽂기 시작했다.

"아, 맞다, 이사제가 계림에 있다고 했지?"

"네, 형 사형이 계림으로 나가 있는 상태예요. 그런데 왜요?"

"천문성의 공격이 시작될 것 같아서 그래."

임정의 말에 예소의 표정이 굳어졌고 마애도 책장을 정리하다 고개를 돌렸다. 예소는 남은 책을 책장에 넣으며 말했다.

"하오문에서 무슨 소리를 들으셨어요?"

"어? 양초가 그러는데 천문성의 움직임이 심상치 않다고 하네."

양초는 계림에 있을 때도 임정을 담당했던 하오문의 분타주였다. 그는 임정이 남녕에 왔다는 소식에 이곳의 분타주로 온 임정 담당 분타주였다.

그의 입을 통해 나온 정보라면 확실한 정보였다. 예소가 물었다.

"저희 쪽 정보도 있을 텐데 그쪽을 더 신뢰하는 모양이에요?"

"그쪽이 우리보다는 조금 빠르니까 그렇지."

"하긴… 그렇긴 하죠."

예소가 임정의 말에 고개를 끄덕였다. 하오문이 독선문보다는 정보를 다루는 능력이 뛰어난 것은 사실이었기 때문이다.

"양초가 내게 거짓을 말해줄 리도 없고… 만약 거짓이라면 단골의 가슴에 비수를 박았으니 뼈까지 녹여야지."

임정의 말을 양초가 들었다면 솜털까지 곤두섰을 것이다. 예소가 아미를 찌푸리며 말했다.

"남궁세가하고 천문성하고 요즘 사이가 급격하게 나빠졌다고 하던데 곧 큰 싸움이 있을 거란 소문도 많아요. 그런데 다른 움직임이 있다는 건가요?"

"천문성에서 해남파를 공격하는 것 같아."

"아, 맞다. 그 소식도 있었지."

마애가 고개를 끄덕였다. 그 모습에 임정이 책장을 덮으며 말했다.

"넌 가면 좀 벗어. 안 덥냐? 피부 나빠져, 이년아."

임정의 날카로운 목소리에 마애가 고개를 돌렸다. 가면 때문에 표정을 볼 수는 없었지만 토라진 게 분명했다.

"이사제가 있는 계림은 안전하겠지?"

"그건 확신하지 못하겠어요. 문대영은 성주가 되기 위해 상당히 큰 공로를 인정받아야 해요, 과거 문홍립이 화산과 무당에서 비무행을 했었고 사대세가와 사천맹까지 나가서 들쑤셨어요. 그 당시의 원한이 아직까지도 이어지고 있고요, 문대영이 성주가 되려면 그 정도의 명성은 얻어야 할 텐데… 그 칼날이 해남과 사대세가맹으로 향한 것 같아요. 어떻게 해서라도 명분을 얻어 싸울 것이 분명해요."

그 말에 임정이 눈을 반짝이며 말했다.

"그 명분 저기 누워 있네."

"아."

예소가 진파랑을 쳐다보며 놀란 표정을 보였다. 실제 천문성에서 가장 큰 명분으로 삼을 수 있는 상대가 진파랑이었기 때문이다.

*　　　*　　　*

"큭!"

신음성과 함께 쓰러진 장한의 목에선 피가 흘러내리고 있었다. 그 옆에는 젊은 장한 한 명이 두려운 표정으로 의자에 앉아 있었다.

마혈이 제압당한 장한은 움직일 수 없었기 때문에 더욱 큰 공포를 느끼는 듯 보였고, 몸은 식은땀에 젖어 있었다. 그의 눈에는 주변에 죽어 있는 십여 명의 장한들이 보였고, 모두 좀 전까지 함께 웃고 떠들던 동료들이었다.

하지만 지금은 모두 차디찬 시신이 되어 있었고 남은 사람은 오직 자신뿐이었다. 두려운 눈빛으로 눈앞에 서 있는 청년을 쳐다보았다.

"살… 살려주세요."

저절로 입을 통해 떨리는 목소리가 흘러나왔다.

"왜 그래? 상당히 많은 사람들을 죽였으면서 말이야. 웃기게도 자기가 죽을지도 모른다니까 두려운 모양이야?"

청년이 한 발 다가와 코가 닿을 듯한 거리까지 얼굴을 들이밀며 다시 말했다.

"왜? 두려워?"

장난기 가득한 눈빛에 비웃음이 담겼다.

"두… 두렵습니다. 살… 살려주세요."

"그럼 말해봐. 진파랑을 누가 데려갔지?"

"아까도 말했다시피 여자 둘이었습니다. 정말 그것밖에는 모릅니다."

"그 여자 둘이 그러니까 누구냐고?"

"모릅니다. 정말… 정말 모릅니다. 저희는 그냥 시키는 대로 했을 뿐입니다. 돈을 줬고 그 돈을 받고 그 뭐냐, 진파랑을 마차에 실어준 것이 다입니다. 저희는 그자가 진파랑인지도 몰랐습니다. 알았다면 절대 그자를 마차에 실어 나르지 않았을 겁니다."

"그래, 마차는 어디로 갔지?"

"하문입니다. 그곳에서 배를 탄다고 들었습니다."

비릿한 조소를 입가에 그린 청년은 고개를 끄덕였다.

"확실히 피가 튀고 목숨이 경각에 달해야 입을 연다니까⋯⋯. 하문이라⋯ 재미있군."

신형을 돌린 청년은 옆에 서 있던 수하에게 시선을 던졌다. 그러자 수하로 보이는 작은 체구의 청년이 손을 들었다.

퍽!

비도 하나가 의자에 앉은 청년의 이마에 박혔고, 핏방울이 흘러내리자 힘없이 옆으로 쓰러졌다.

쿵!

육중한 소리가 울렸고 그 모습을 둘러서서 보고 있던 몇 명의 사람이 밖으로 나갔다.

화르르륵!

불타오르는 집을 바라보던 사우령은 옆에 서 있는 작은 키의 장도원에게 고개를 돌렸다.

"다른 놈들에게 하문으로 모이라고 전해."

"예, 그런데 하문에 간다고 해서 그자를 발견하겠습니까? 이미 배 타고 튀었을 텐데요?"

"배를 탔다면 남해방이겠지? 그들의 도움 없이 바다를 건너가겠어? 남해방을 탐문 조사를 하든가 하나씩 하나씩 각개 격파를 하든가 해야지."

"남해방의 배들을 모두 조사하려고요?"

"눈에 띄는 족족 해야지."

"시간이 진짜 많이 걸리겠네요."

장도위의 말에 사우령은 미간을 찌푸리다 생각난 듯 말했다.

"시간이 많이 걸려도 할 수 없어. 우리가 배를 타고 바다로 나갈 수는 없으니 항구를 중심으로 광동까지 내려가 보자고. 강북 쪽은 백천당이 맡았으니 그쪽은 그쪽대로 놔두고 말이야."

"예, 그런데 모두 죽일 필요가 있었을까요? 하문 어디에서 그놈들을 내려주었는지 묻지 못했는데……."

장도위의 대답에 사우령이 아차 하는 표정을 보였다.

"이런, 깜빡했군그래. 그런 건 네가 알아서 잘했어야지?"

"벌써 진파랑의 뒤를 밟은 지 두 달이 넘었는데, 이제 겨우 배 타러 하문에 갔다는 것 정도 알아내었습니다. 그런데 저한테 뭘 바랍니까?"

"쯧! 우린 다 좋은데 머리 쓰는 놈이 없어 문제야."

사우령이 장도위의 얼굴을 훑어보며 고개를 저었다. 금마당에서 가장 똑똑한 장도위였지만 그건 어디까지나 열 명뿐인 금마당의 안에서 좋은 것 정도였다. 좀 더 뛰어난 인물이 필요하다고 생각하는 사우령이었다.

"천천히 뒤를 밟아 가다 보면 언젠가는 그놈을 만나겠지…… 그때 우린 그놈의 목을 베어버리면 그만이다."

"옳은 말씀입니다."

장도위가 대답했다.

"보고는?"

"좀 전에 올렸습니다."

"잘했어."

사우령은 장도위의 어깨를 다독였다.

*　　　*　　　*

푸드득!

수십 마리의 비둘기가 높은 구층 전각의 꼭대기에 앉아 있었고 사방이 비둘기들의 똥으로 가득 차 있었다. 물론 하루에 한 번씩 똥을 치우는 일꾼들이 있었지만 매일 수백 마리의 비둘기가 오가는 전각의 주변은 똥이 넘쳐 날 수밖에 없었다.

뚝! 뚝!

지붕으로 떨어지는 비둘기 똥 소리가 창을 통해 들어오고 있었다.

"야!"

"예!"

날카로운 외침 소리에 안에 있던 십여 명의 남자가 일제히 고개를 돌렸다.

"날아드는 전서구 빨리 정리 안 해!? 지금 보고해야 한단 말이다!"

안에 앉아 있는 중년인이 소리치자 나머지 인원들이 좀 전보다는 더욱 빨리 움직이기 시작했다. 천문성 서쪽에서 가장 높은 곳에 자리한 현마각의 부각주인 곽위는 수십 개의 전서구 중 몇 개만을 가지고 위층으로 올라갔다.

위층에 올라온 곽위의 눈에 중원이 그려진 지도 옆에 앉아 있는 현마각의 각주인 신주주가 보였다. 그녀는 몇 개의 보고서를 읽고 있었는데 그 눈빛은 차가웠다.

"곽위입니다."

"말해."

시선을 돌려 곽위를 슬쩍 본 신주주의 짧은 말에 곽위는 재빨리 입을 열었다.

"금마당에서 호림원으로 올라간 보고 중에 진파랑이 하문에서 배를 탔을지도 모른다는 보고가 있습니다. 사실 확인은 안 된 상태입니다."

"모른다고?"

"오미산에서 배를 타기 위해 하문으로 마차를 이용해 이동했다고 합니다."

"마차?"

"예."

신주주는 인상을 찌푸리며 곽위를 노려보았다.

"금마당도 알아낸 사실을 우리는 그들이 호림원에 보내온 전서를 통해 알았다라? 뭔가 창피하지 않아?"

"아, 그게… 저희 현마각에서도 나름대로 노력 중이지만 진파랑이 유령처럼 모습을 감췄기 때문에 쉽지 않습니다."

"조력자 파악도 못 했고?"

"그렇습니다."

곽위는 고개를 숙인 채 들지 못했다.

"큰 부상을 당한 진파랑이 그렇게 쉽게 본 성의 눈을 피해 달아났는데, 조력자가 없었다면 말이 안 되겠지, 그런데 우린 우리의 앞마당이라 하는 복건에서도 그를 못 찾았고 조력자도 파악하지 못했단 말이야. 무능력하지 않아?"

"죄송합니다."

"총군께선 죄송하다는 말을 원하지 않아."

"지금 사냥개들을 풀어놨으니 조만간 진파랑의 냄새를 맡을 것입니다."

"맡으면 좋지. 추적은 계속해… 몇 년이 지나도 상관없으니까."

"알겠습니다."

곽위의 대답에 신주주는 피풍의를 두르고 검을 허리에 걸친 뒤 걸어 나갔다.

"총군께 다녀오지."

"예."

신주주는 곽위의 대답을 들으며 총군이 있는 중궁으로 향했다. 그의 옆에는 인사각에서 따라온 유영렬도 함께 있었다.

천문성의 중앙에 자리한 거대한 대전으로 들어선 신주주의 눈에 저 멀리 태사의에 앉아 있는 중년인이 보였다.

중년인은 단단한 체구에 이목구비가 뚜렷했고 짧은 수염에 굵은 눈썹을 갖고 있었다. 그는 학이 그려진 깨끗한 백색 무복을 입고 있었는데 무릎에는 검을 올려놓고 있었다. 검 역시도 백색이었고 칼자루에는 학이 한 마리 그려져 있었다. 그의 애검인 백학검이었다.

저벅! 저벅!

태사의로 걸어가던 신주주의 눈에 호림원의 원주이자 총군의 동생인 문가혁의 모습이 보였고 순찰당의 총당주인 문전의 모습도 보였다.

신주주는 태사의에 앉은 중년인과 이 장 정도까지 가까워지자 걸음을 멈추었다. 태사의에 앉은 중년인, 아니, 천문성의 총군이자 사군의 한 명인 문대영은 신주주를 향해 강한 기도를 내뿜기 시작했다.

"뭘 좀 건졌어?"

문대영의 물음에 신주주는 시선을 문가혁에게 던지며 재빨리 대답했다.

　"건진 건 있는데 호림원에서 올라온 정보가 있지 않은가요?"

　"별거 없어."

　문대영은 딱 잘라 말했다.

　"별로 올라온 정보가 없어요."

　"흠……."

　문대영은 신주주의 대답에 미간을 찌푸리며 굳은 표정을 보이더니 주먹을 쥐었다.

　땅!

　그의 무릎에 있던 백학검이 바닥에 떨어졌지만 문대영은 신경을 쓰는 것 같지 않았다. 문대영은 어금니를 깨물며 사납게 신주주를 노려보았다.

　"그게 여기에서 할 보고인가?"

　"마땅한 게 없어요."

　문대영의 강한 기도에 곁에 있던 문가혁과 문전의 안색이 변했지만 신주주는 변화 없는 표정으로 서 있었다. 신주주는 당당해 보였고 문대영의 기도를 온몸으로 받았지만 어깨를 움츠리지 않았다.

　문대영은 날카로운 기도를 뿌리며 자리에서 일어나 어금니를 깨물며 살기까지 보였다.

"내 아들은!"

문대영의 목소리는 크지 않았지만 대전을 울렸다. 그 목소리에 문전과 문가혁은 한 발 물러섰고 신주주의 눈빛이 살짝 흔들렸다. 그만큼 강렬했기 때문이다. 그에게서 강한 바람이 불어오는 듯했고 차가운 살기가 신주주의 전신을 따갑게 찌르고 있었다.

"나보다 먼저 조사당에 가서 잠들어 있어! 그놈을 지켜달라고 보낸 넌! 그놈이 죽는 것을 그냥 두고만 봤지……. 그런데도 당당히 나타나 고개를 들고 있어! 뭘 잘했는데! 네가 뭘 잘했는데!"

문대영의 외침이 마지막에 화살이 되어 신주주의 가슴에 박혔다. 신주주는 그 모습에 어금니를 깨물었다. 문대영의 분노를 피부로 견뎌야 했고 절로 몸에 힘이 들어갔다.

문대영이 이렇게 불같이 화를 내는 모습을 보는 것은 정말 오랜만이었고 신주주는 어릴 때의 문대영과 지금의 모습이 겹쳐지는 듯했다.

"내 아들이 죽었다고! 어떻게 해야 할까? 내가 어떻게 해야!"

문대영은 다시 한 번 크게 소리친 후 깊은 숨을 한번 내쉰 뒤 다시 말했다.

"그 씹어 먹을 놈을 잡을까?"

문대영은 태사의에 앉은 뒤 차가운 눈빛을 보이다 눈가를 만지며 고개를 저었다.

"오늘은 좀 사람처럼 보이네요."

"휴우……."

문대영은 깊은 한숨을 내쉬며 신주주를 슬쩍 쳐다보았다.

"내가 사람 같지 않았던 모양이군?"

"총군의 큰 소리를 들어본 게 언제인지 기억도 없었는데 오늘 또 보네요."

"더 이상 알려줄 보고가 없으면 그냥 가."

손을 저어 보이자 신주주가 입을 열었다.

"음영대를 주세요."

"……!"

문대영이 눈을 반짝였고 문전과 문가혁의 표정이 굳어졌다. 음영대는 천문성의 그림자와 같은 조직이었기 때문이다. 무엇보다 총군의 직속이기도 했다.

"음영대는 총군의 직속으로 현마각에 줄 수는 없소이다."

문전이 나서서 말하자 문대영은 손을 들어 그를 막으며 신주주를 향해 물었다.

"음영대는 왜?"

"진파랑을 찾아야죠?"

"음영대를 이용하면 진파랑을 찾을 수 있겠어?"

문대영의 물음에 신주주는 이미 대답을 정한 듯 바로 말했다.

"다를 달라는 게 아니에요. 진파랑을 찾을 때까지 절반만 제가 쓰고 싶어요."

"시간은?"

"오 년."

"너무 길어."

문대영이 낮은 목소리로 답하자 신주주가 다시 말했다.

"세상은 넓어요. 마음먹고 숨었다면 평생 찾기 힘들지도 몰라요. 거기다 과연 진파랑 혼자서 문자경을 죽일 수 있었을까요? 감히 대(大)천문성의 대공자를 혼자서? 그건 절대 불가능한 일이에요. 잘 아시잖아요?"

문대영은 그녀의 말에 미미하게 고개를 끄덕였다. 신주주가 다시 말했다.

"어느 한 세력이 도와주었을지도 모르고 아니면 여러 세력들이 도왔을지도 모르지요. 하나라고 단정 지을 수는 없어요. 그렇다고 아무런 증거도 없이 심증만으로 주변 세력을 핍박할 수도 없지요. 누가, 어떤 세력이 진파랑을 도왔는지 정확하게 알 필요가 있어요. 이 기회에 주변을 정리하는 것도 좋지요. 명분은 충분하니 말이에요. 거기다 내부 조력자도 생각해야 하고……. 총군께서 그 부분은 알아서 잘 처리하실 거라 믿어요."

"네 말은 이 기회에 주변 정리를 하자는 뜻이로구나?"

"좋은 기회니까요."

신주주의 말에 문대영은 눈을 반짝였다. 그녀의 말은 곧 자신에게 반하는 사람들을 정리하라는 뜻과도 같았기 때문이다. 단지 문대영은 아들의 죽음을 이유로 그러고 싶지 않았을 뿐이다.

"음영대의 반을 주지. 그거면 되겠지?"

"예."

"음영대를 일대와 이대로 나누고 이대주를 맡아."

"고마워요."

"꼭 찾아."

"예."

문대영은 신주주의 대답에 고개를 끄덕이며 손을 들었다. 곧 신주주가 인사를 한 뒤 밖으로 물러나자 문가혁이 입을 열었다.

"음영대의 절반이면 상당히 큰 힘인데 그걸 신 각주에게 일임한다면 문제가 생기지 않겠습니까?"

"무슨 문제?"

"신 각주도 내부 조력자 중 하나일 수 있습니다."

문가혁의 말에 문대영은 손을 저었다.

"신 각주를 믿지 못하면 누굴 믿어야 하지? 네게 음영대의 절반을 주면 진파랑을 찾을 수 있겠어? 할 수 있다면 너한테 주지."

"아닙니다."

문대영의 강한 기도에 문가혁은 대답 후 입을 닫았다. 실제 음영대의 절반을 지휘하게 된다 해도 하늘로 사라진 진파랑을 찾는 건 어렵다고 판단했다.

"조력자가 아니라 우리가 모르는 세력이 도와주고 있는 놈이야. 그러니 이렇게 쉽게 우리의 그물망을 뚫고 사라졌지, 안 그런가?"

"그렇습니다."

"예."

"그런데 너희들은 그냥 수하들이 올려주는 보고만 내게 알려줄 뿐 이렇다 할 성과를 알려주지를 않아. 안 그래?"

문대영의 말에 문전과 문가혁이 대답하지 못했다. 자신들을 책망하는 문대영의 목소리에 답을 할 자신이 없었고 그의 말처럼 이렇다 할 성과를 올린 적도 없었다. 문대영은 한숨을 내쉬며 손을 저었다.

"가봐."

그의 말에 둘은 조용히 대전을 벗어났다. 홀로 남은 문대영은 고개를 저으며 백학검을 다시 쓰다듬기 시작했다. 지금은 그저 이렇게 마음을 달래는 일이 그가 할 수 있는 최선의 노력이었고 수양이었다.

第二章
피는 멈춘다

진가도

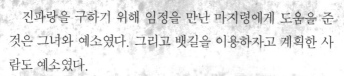

　진파랑을 구하기 위해 임정을 만난 마지령에게 도움을 준 것은 그녀와 예소였다. 그리고 뱃길을 이용하자고 계획한 사람도 예소였다.

　육로는 천문성의 눈과 귀가 모두 집중될 게 뻔하였기에 바다를 이용하려 한 것이다. 바다는 천문성의 힘이 미치지 못하는 영역이었다. 그녀의 계획대로 뱃길을 이용했고 큰 문제 없이 보름 만에 바닷길을 타고 광서성 용문항까지 올 수 있었다. 그리고 그곳에서 은밀히 마차를 타고 이동했다.

　진파랑의 상세는 심각했고 아무리 뛰어난 의술을 지닌 예소라 해도 혼자서는 치료하는 것이 무리였기에 독선문의 문주이자 천하제일 의술을 지녔다고 알려진 조자경도 나서야 했다.

조자경이 나섰다는 것은 곧 독선문 전체가 나섰다는 것과도 같았다. 그가 나섰기에 진파랑은 빠르게 회복하고 있었다.

방 안에 앉아 태공망과 황석공이라는 전설적인 사람들이 쓴 육도삼략(六韜三略)을 다시 보던 조자경은 책을 덮고 찻잔에 차를 따르며 안으로 들어오는 예소를 쳐다보았다.

그녀는 책의 제목을 슬쩍 보며 허리를 숙였다.

"문안 인사 드립니다."

"앉아."

조자경의 말에 예소가 의자에 앉은 뒤 조자경의 손아래에 있는 책을 바라보며 말했다.

"다시 보시네요?"

"다시 봐도 새롭고 재미있는 내용이지. 무경칠서(武經七書)는 모두 대대손손 전해질 보물이라 할 수 있지."

"그렇지요."

예소도 무경칠서를 몇 번씩 모두 읽었기에 조자경과 같은 생각이었다.

"상태는 어때?"

차를 마시며 조자경이 묻자 예소는 진파랑에 대해 묻는 것임을 알고 대답했다.

"혈변이 없고 진물도 사라져서 청녹고도 떼어놓은 상태에요. 또 대사저께서 추궁과혈로 기맥을 다스리고 있어요."

"많이 좋아진 모양이군?"

"예."

예소의 대답에 조자경은 만족한 표정을 보이며 다시 물었다.

"청녹고는 몇 마리가 남았지?"

"지금 현재 본 문에 남아 있는 것은 다섯 마리가 전부예요. 나머지는 모두 진 소협의 상처를 치료하다 죽었어요."

"저런… 쯧!"

청녹고는 매우 귀하고 구하기 어려운 독물이었기에 조자경은 혀를 차며 아쉬워했다.

"다시 잘 키우면 개체 수는 늘어날 거예요."

"그 일을 네가 하는 게 아니라 장로들이 하니까 문제지."

깐깐한 장로들의 얼굴을 떠올리며 조자경은 고개를 저었다. 독물들을 관리하고 개체 수를 늘리는 데 힘을 쓰는 장로들은 말이 많은 편이었고 그들의 투덜거림을 모두 들어야 하는 게 조자경이었다.

장로들은 노인들이라 모두 말이 많았고 했던 말을 계속 반복적으로 하기 때문에 듣는 것도 상당히 괴로운 편이었다.

"그런데 무슨 일로 부르셨나요?"

본론을 이야기하자는 예소의 물음이었다. 조자경이 고개를 끄덕이며 서찰을 하나 꺼내 내밀었다.

"천문성에서 날아온 건데 너도 좀 봐야 할 것 같아 부른 것이다."

"예."

예소가 대답 후 서찰을 펼쳐 읽었다. 서찰의 내용은 진파랑을 찾는 데 협조해 달라는 요청과 함께 숨기거나 도움을 주면 천문성에 반하는 것으로 알고 대대적인 공격을 가하겠다는 협박도 포함되어 있었다.

"천문성에선 진 소협이 절대 혼자서 문자경을 죽이고 도망쳤을 리 없다고 판단한 모양이네요. 이런 협박성 편지를 저희에게만 보낸 건 아닐 테고……. 한마디로 숨겨놨으면 얼른 내놓으라는 것이네요."

"그렇게 생각해야지."

"문자경이 이름 없는 진 소협에게 죽었어요. 그 일로 온 천하가 발칵 뒤집힌 상태지요. 진 소협은 천문성에 원한이 있는 수많은 문파와 사람들을 대신해 통쾌한 일검을 찔렀지요. 우리가 아니더라도 분명 누군가 진 소협을 숨겨줬을 거예요."

"그렇게 단정 짓지 말거라. 천문성과 원한이 있는 세력들이야 당연히 많이 있지만 자신들의 안위까지 걸어가며 진파랑을 숨길 것 같으냐? 만약 진파랑을 숨겨주고 치료해 준 게 발각되었다면 그 문파는 순식간에 천문성의 총공격을 당할 것이고 중원에서 사라질 것이다. 서찰의 내용은 그걸 말해주고 있지."

조자경의 말에 예소의 표정이 굳어졌다. 그녀는 조심스럽게 조자경의 의중을 파악하려는 듯 눈을 반짝이며 물었다.

"그래서 스승님께선 진파랑을 넘길 건가요?"

조자경은 짧은 수염을 쓰다듬으며 고민스러운 표정을 보이다 예소에게 시선을 던졌다.

"네 생각은 어떠하냐?"

자신의 의중을 묻는 조자경의 시선는 차가웠다. 예소는 빠르게 대답했다.

"절대 넘겨줄 수 없어요, 애초에 그럴 거라면 위험을 무릅쓰고 구출까지 하면서 그를 데려오지도 않았어요."

"개인적인 감정은 버리고 대답해라."

"개인적인 감정은 없어요. 스승님께서 오해를 하신 것 같은데 전 진 소협에게 사적인 감정이 없어요. 오직 의원으로서 치료에 열중할 뿐이에요."

"정말……."

"네! 없어요."

말이 다 끝나기도 전에 대답하는 예소였다. 그녀의 모습은 분명 평소와 달리 많이 흥분해 있는 것 같았다. 그 모습에 조자경은 피식거리며 다시 물었다.

"네 의견이나 말해라. 어찌할 생각이냐?"

"이곳에 있으면 언젠가는 들킬지도 모른다고 생각해요. 일하는 사람도 많은 편이고 오가는 사람도 꽤 있기 때문에 오래 있지는 못해요. 그래서 귀주의 독마곡으로 갈까 해요. 사실 진 소협의 상태가 안정을 찾으면 스승님께 물어보고 출발할 생각이었어요."

"독마곡?"

"예."

"그곳으로 가려는 이유는?"

"일단 조용하고 자생초도 많고 또 사람도 없고 숨어 살기 딱 좋은 은신처니까요."

그 말에 조자경은 짧은 한숨을 내쉬며 고개를 저었다.

"안 된다."

"예? 왜요?"

예소가 크게 놀란 듯 눈을 동그랗게 뜨자 조자경은 당연하다는 표정으로 대답했다.

"젊은 남녀를 그런 곳에 보내줄 거라 생각했느냐? 만약에 무슨 남녀 간의 애정 문제라도 생기면 어쩌려고 하느냐?"

"그런 일 절대 없어요."

"꿈도 꾸지 말고 그냥 있어."

조자경의 강경한 말에 예소는 실망한 표정을 보였다.

"다른 의견이나 말해. 어차피 독마곡은 못 갈지도 모른다고 생각했을 것 아니냐?"

조자경의 물음에 예소는 고개를 끄덕였다. 독마곡에 간다는 말은 한번 꺼내본 말이었다. 허락을 받아 가게 되면 좋은 일이었고 못 가면 할 수 없는 그런 의견이었다.

예소는 정색한 표정으로 대답했다.

"진 소협의 무공과 본 문에 대한 위협을 놓고 저울질을 한다면 비슷해서 답을 내릴 수가 없어요. 그의 무공은 고강하고 쓰임이 있어요. 그를 치료한 사실만 잘 숨긴다면 큰 문제는 없을 것 같아요. 지금보다 더욱 은밀하게 숨겨야지요."

조자경은 예소의 말을 들으며 깊은 생각에 빠진 듯 보였다.

"지금까지 들어간 정성도 있고 하니… 들키지만 않으면 문제는 없겠지."

조자경의 말에 예소는 미소를 보였다. 그 말은 그가 진파랑을 숨기기로 결정했다는 뜻이었기 때문이다.

"마 소저는 어찌할 생각이냐?"

"아미파로 사람을 보내 서찰을 전하려고요. 그 정도면 충분할 거예요."

"네가 알아서 잘하겠지. 진파랑을 숨기는 방법은?"

"대사저께서 수련을 핑계로 외부와의 접촉을 차단한 채 운중원으로 들어가는 방법이 가장 좋을 것 같아요. 지금 있는 곳은 일꾼들도 가끔 드나들기 때문에 그들의 눈과 귀도 차단해야지요."

조자경은 짧은 수염을 쓰다듬으며 고개를 끄덕였다.

"답신은?"

"굳이 할 필요가 있을까요?"

"훗!"

조자경은 예소의 말에 미소를 보였다.

"최대한 빨리 처리해."

"예."

예소가 대답한 후 밖으로 나가자 조자경은 만족한 얼굴로 수염을 쓰다듬었다. 그는 차를 마시며 다시 육도삼략을 펼쳐 읽었다.

"전쟁을 피하는 것이 전쟁을 이기는 방법이지."

*　　　*　　　*

현마각 구층에 자리한 신주주의 집무실로 곽위가 두툼한 책을 가지고 들어왔다.

"정리했어?"

"예."

곽위는 대답 후 신주주의 책상 앞에 책을 내려놓았다. 그녀의 책상 옆에는 상당수의 책이 쌓여 있었는데 모두 진파랑과 관련된 보고서였다.

"이것도 좀 정리해 놔."

신주주가 옆에 쌓아 둔 책을 밀며 말하자 곽위의 안색이 굳어졌다.

"저기… 각주님."

"왜?"

신주주가 충혈된 눈을 들어 쳐다보자 곽위가 걱정스럽다는 듯 대답했다.

"잠은 좀 주무시고 일하시는 게 어떻겠습니까? 벌써 나흘째 안 주무셨습니다."

"벌써? 별로 한 것도 없는데 나흘이나 흘렀다고?"

"예."

"흠… 알았다. 일단 들어가 쉴 테니까 세 시진 후에 깨워."

"알겠습니다."

"그사이에 이것도 좀 정리해 놔."

"예."

곽위의 대답에 신주주는 고개를 끄덕이며 일어나 침실로 들어가 잠을 청했다. 그녀가 사라지자 집무실에 홀로 남은 곽위는 책상 앞에 앉아 쌓여 있는 문서들을 정리하기 시작했다. 하지만 그것도 잠시뿐, 꾸벅꾸벅 졸던 곽위가 책상에 코를 박았다.

"드르렁! 쿨! 드르렁! 쿨!"

각주인 신주주와 마찬가지로 곽위 역시 사흘을 못 잤기에 보고서는 수면제가 되어 그의 머리를 강타했다.

얼마나 잠을 청했을까? 벌린 입에서 흘러나온 침이 보고서와 얼굴의 반을 적실 때 문득 무언가를 먹듯 그가 입맛을 다셨다.

"후릅! 흠… 쩝! 쩝!"

툭!

누군가 어깨를 치는 느낌에 곽위는 눈을 부릅떴다.

"헉!"

깜짝 놀라 고개를 든 그는 어느새 옆에 나타난 유영렬의 모습에 소매로 침을 닦았다.

"쓰읍! 뭐야… 유형이군."

"각주님 자리에 침이나 흘리고, 잘하는 짓이다."

"헉!"

곽위는 허둥지둥 급하게 보고서를 치우며 유영렬에게 물었다.

"이 시간에 무슨 일로 왔는가?"

"아침이라 왔지. 왜 왔겠나?"

"각주님께선 지금 곤히 주무시네. 한동안 깨우지 말아야 할 걸세."

"자네가 주무시게 한 건가?"

"그렇네."

"잘했군."

곽위의 대답에 유영렬은 미소를 보였다. 각주인 신주주를 걱정하는 마음은 유영렬이나 곽위나 같았기 때문이다. 하지만 둘이 은근히 서로를 견제하고 있는 것도 사실이었다.

'이 시간에 왜 왔지? 아직 조식 시간도 아닌데 벌써부터 나타난 이유는 뭘까? 그렇게 할 일이 없었나? 일감이 적었던 모

양이야?'

'이놈은 왜 이 시간에 각주님 의자에 앉아서 졸고 있는 거야? 쓸데없이!'

유영렬과 곽위는 서로를 향해 어색한 미소를 던졌다.

한편 깊게 잠이 들었던 신주주는 창을 통해 들어오는 햇살이 얼굴을 비추자 눈을 떴다. 그녀는 눈을 비비며 일어나 옷을 걸쳤다. 오랜만에 숙면을 취해서 그런지 기분이 좋아 보였다.

"으아아."

긴 하품과 함께 기지개를 켜던 그녀는 거울 앞에 앉아 부스스한 머리를 대충 묶었다.

"물 좀 가져와."

그녀의 목소리가 울리자 곧 세숫대야를 들고 시비들이 들어왔다.

집무실에 앉아 있던 곽위와 유영철은 신주주가 일어난 것을 알자 보고서를 다시 한 번 훑어보며 머릿속으로 정리하기 시작했다.

슥!

치맛자락이 움직이는 소리와 함께 붉은 치마를 입은 신주주가 모습을 보였고 곽위와 유영렬은 자리에서 일어섰다.

"앉아."

신주주의 말에 둘은 다시 자리에 앉았다. 신주주도 자신의 자리에 앉고는 눈앞에 놓인 서류들을 옆으로 치운 뒤 말했다.

"보고해 봐."

그녀의 말에 유영렬이 먼저 입을 열었다.

"진파랑의 본래 이름은 진일로 출생지는 불분명하며 고아였던 당시 본 성에서 교육을 받았습니다. 흑룡당에서 단주로 지내다⋯⋯."

"누가 그걸 몰라? 그 이후를 말하라고, 이후."

"예, 에⋯ 그러니까 진파랑이란 이름이 처음 강호에 나타난 것은 장강에서 수왕과 싸웠을 때입니다. 그전에 권왕과도 싸웠다 하는데 워낙 마지령의 명성이 높아 그의 존재가 가려진 듯합니다."

"수왕과 장강에서 싸운 이야기는 나도 들어서 알고 있어."

그녀의 핀잔에 유영렬은 헛기침을 하며 다시 말했다.

"보고서에는 이런 내용밖에 없습니다. 진파랑은 모용세가에서 호위로 일을 했고 문자경이 그를 죽이려고 보냈던 감우의는 오히려 그의 편이 되어 모용세가에서 일을 했다고 합니다."

"죽이라고 보낸 자를 포섭했다라⋯ 인가?"

"네, 그런데 감우의는 모용세가에서 살해당했습니다."

"감우의를 보낸 자가 문자경이였고, 그 당시 문자경은 모용세가를 방문했었지. 문자경은 모용세가에서 감우의를 발견하자 원당혁을 시켜서 감우의를 죽였어. 물론 증거를 남기지는 않았을 거다. 하지만 진파랑은 그 사실을 알았을 거야, 안 그래?"

"예. 하지만 물증이 없으니 그저 심증으로만 범인이 천문성이라 생각했을 겁니다."

"그렇지. 본 성은 배신자를 살려주지 않아……. 그걸 누구보다 잘 알 테니 말이야."

신주주의 낮은 목소리에 유영렬은 굳은 표정을 보였다.

"진파랑의 인간관계는?"

그녀의 물음에 이번에는 곽위가 입을 열었다.

"아무래도 모용세가에서 호위로 일을 했기 때문에 모용가의 사람들과 친분이 있습니다. 그 외에 마지령과 운중세가의 운강과도 친분이 있는 것으로 조사되었습니다."

"사대세가 쪽 사람들과 친분이 있군."

"아무래도 모용세가에서 호위로 일한 게 큰 영향을 준 것 같습니다."

"독선문이나 해남파는?"

"독선문의 문도들과 싸운 것으로 보아 친분보단 원한 관계로 보입니다."

"좀 더 파야겠지만… 흠……."

신주주는 모용세가를 떠올리며 사대세가맹의 힘과 천문성을 저울질하기 시작했다. 곧 생각을 정리한 그녀가 입을 열었다.

"일단 사대세가맹 쪽으로 시선을 집중시킬 필요가 있겠어, 음영대에 이 일을 맡기도록 하지."

"저희도 자신 있습니다."

"사대세가맹에 잠입하는 일은 쉬운 게 아니야."

"이미 오래전부터 구축한 정보망이 있습니다. 세작들의 활동망과 정보망을 통한다면 어렵지 않게 진파랑을 찾을 것입니다."

곽위의 말에 신주주가 다시 말했다.

"그들이 과연 우리가 구축한 정보망을 모르고 있을까? 사대세가가 바보도 아닌 이상 우리의 정보망을 알고 있을 텐데? 그들이 그걸 몰라서 그냥 방치한 거라 생각하는 것은 아니겠지?"

"흠⋯⋯."

곽위는 그녀의 말을 인정해야 했기에 대답하지 못했다. 그 모습에 신주주가 다시 말했다.

"진파랑과 관련된 일은 음영대에 맡길 테니 그리 알아."

"예."

"알겠습니다."

곽위가 유영렬이 동시에 대답했다.

"음영대의 단주들을 소집해. 모두 성에는 들어왔겠지?"

그녀의 물음에 유영렬이 대답했다.

"예. 어제까지 모두 성에 복귀했다고 보고는 받았습니다."

"오늘 밤 자정까지 모두 이 방에 모이라 일러."

"예."

유영렬은 대답 후 음영대의 단주들을 소집하기 위해 재빨리 일어나 밖으로 나갔다.

"저도 이만 물러가겠습니다."

신주주는 곽위의 말에 고개를 끄덕였고 그가 나가자 아까 살피지 못했던 보고서를 찾았다. 그러다 물에 젖었다가 말라 버린 보고서를 보고는 눈살을 찌푸렸다.

"뭐야? 쿵? 쿵? 침?"

순간적으로 그녀의 아미가 굳어졌다.

"야! 곽위!"

"예!"

곽위가 나가다 다시 안으로 들어왔다. 순간 그녀의 손에 들린 보고서가 보이자 눈을 부릅떴다.

"다시 써 와!"

"예!"

곽위가 대답 후 재빨리 밖으로 달려 나갔다.

자정을 알리는 종소리가 천문성 내에 울렸고 신주주의 집무실에도 그 소리가 들렸다. 어두워진 집무실의 안에는 기척도 없이 여섯 개의 그림자가 나타났고 그들은 소리 없이 의자에 앉았다.

검은 복면에 검은 야행의를 입은 그들은 서로에 대해 관심이 없는 듯 보였고 알고 싶어 하지도 않았다.

그 중앙에 신주주가 앉아 있었는데 그녀의 두 눈만이 어둠 속에서 반짝이는 것 같았다. 신주주는 탁자 위에 여섯 개의 작은 책자를 올려놓으며 말했다.

"검댕이들 때문에 숨쉬기가 곤란하군."

그녀의 말에 동요를 보일 법도 한데 여섯 명의 복면인은 미동조차 없었다.

"좋아."

신주주는 그들의 모습에 만족한 표정을 보이며 서류들을 그들의 앞으로 내밀었다.

슥! 슥!

탁자 위로 종이 스치는 소리가 났고 그들 여섯은 각자 자신의 앞에 놓인 서류들을 살피기 시작했다. 거기에는 각자 잠입해야 할 사대세가와 당가, 독선문이 포함되어 있었고 진파랑에 관한 내용도 적혀 있었다.

"각자 맡은 곳을 철저히 조사 좀 했으면 좋겠어, 최대한 빨리 진파랑을 찾아. 분명 그자는 죽지 않았어."

그녀의 목소리가 울리자 여섯 명의 기도가 차갑게 변해가기 시작했다. 신주주는 다시 말했다.

"죽일 수 있다면 죽여도 좋아. 목을 가져와도 상관없어. 하지만 그를 발견하면 보고부터 하는 것이 먼저야."

신주주는 모두들 고개만 살짝 숙이자 그 과묵함이 마음에 들었다. 현마각의 정보원들도 과묵하게 키워야겠다는 생각이 문득 머리를 스쳐 갔다.

　"가봐."

　스륵! 슥!

　신주주의 말에 여섯 명 중 다섯 명이 자리에서 일어나 어둠 속으로 소리 없이 사라졌다. 그리고 남은 마지막 한 명이 신주주의 눈에 들어왔다. 가장 후미에 앉은 호리호리한 체격의 인물이었다.

　"질문 있어?"

　신주주의 물음에 그의 목소리가 낮게 울렸다. 조금 가느다란 목소리였고 여자처럼 가느다란 음성이었다.

　"총군께선 신 각주님도 감시하라 일렀습니다. 알아두십시오."

　그의 말에 신주주의 눈이 반짝였다.

　"굳이 그 말을 내게 하는 이유는?"

　"별 뜻 없습니다."

　낮은 목소리에 신주주는 미소를 보였다.

　"음영대는 지시에 따르기만 할 뿐, 의문을 가지지 않는다고 들었는데 그것도 아닌 모양이군?"

　"총군의 명은 신 각주의 명을 받으라는 것이었습니다."

　"잘 알겠다."

신주주는 총군의 명만 듣는다는 뜻임을 알았다. 총군의 명이 있었기 때문에 자신의 명령에 따른다는 것이었고 그 이상도, 그 이하도 아니라는 말처럼 들렸다.

"그럼."

스륵!

마지막 남은 그가 사라지자 신주주는 의자에 깊숙이 몸을 기대며 고개를 저었다.

"조 언니와 내가 각별한 사이였다는 것을 총군이 모를 리가 없지……. 그래서 내게 감시를 붙인 모양인가?"

문득 총군 문대영의 속이 어떤지 궁금해졌다.

*　　　*　　　*

마차에서 내린 소년의 눈에 천문성의 거대한 모습이 보였다. 그곳에서 밥을 먹었고 어른들의 손에 이끌려 종영영을 만났다.

종영영은 옥석을 골라야 했고 자신은 옥(玉)이 아닌 석(石)이 되어 일반 무사의 길을 걷게 되었다. 물론 대다수의 아이가 일반 무사가 된다. 옥으로 갈리는 아이들은 뭔가 특출한 부분이 있었다. 하지만 자신은 그런 게 전혀 없었다. 그렇기 때문에 마음속으로 깊이 좋아했던 홍수려와 헤어져도 큰 불만이 없었다.

그때는 그렇게 오래 헤어져 있을 거란 생각도 못 했고 금방 다시 볼 거라 여겼다. 그게 그토록 긴 시간 동안 못 볼 걸 알았다면 종영영에게 매달려서라도 같이 가고 싶다고 졸랐어야 했다. 그런 후회를 가지고 있었다.

홍수려는 분명 첫사랑이었고 잊지 못할 여자였다.

"음……."

누워 있던 진파랑의 몸이 조금 움직이자 그의 알몸을 물수건으로 닦아내던 예소가 고개를 들었다.

"약효가 떨어졌나?"

예소는 진파랑이 정신을 차리면 쓸데없이 움직여 상처가 덧날지 몰라 수면제를 먹이고 있었다. 간간이 수혈까지 짚었기 때문에 진파랑이 잠에서 깨어날 수가 없었다. 그런데도 그가 움직이자 꿈을 꾸기 시작했다는 것을 알았다.

"다행이다."

예소는 진파랑의 몸이 상당히 호전되었음을 느끼고 조만간 그를 깨워야겠다고 생각했다. 진파랑의 눈동자가 눈꺼풀 밑에서 움직이는 게 예소의 눈에 들어왔다.

"많이 좋아졌으니 걱정하지 마세요."

예소는 가만히 중얼거리며 물수건으로 다시 그의 상체를 닦아 내려갔다.

＊　　＊　　＊

"크악!"

비명과 함께 복부에서 피를 뿌리던 장한이 바닥에 쓰러졌다. 처음 보는 얼굴이었다. 그는 두려움과 슬픔에 가득 찬 눈동자를 하고 있었다. 좀 전까지 악에 받친 표정이었던 장한은 자신의 죽음을 예감했기에 슬퍼하고 있었다.

그 모습을 보던 진파랑은 무심하게 고개를 돌렸고 수많은 사람이 피를 튀겨가며 서로를 죽이기 위해 사투를 벌이는 모습을 눈에 담았다. 익숙한 모습이었다.

몇 번이나 죽음의 냄새를 맡았고 살아남기 위해 노력했다. 실력보다는 운이 좋았다고 생각했다.

"단주님."

수하들의 목소리가 들렸다. 고개를 돌리자 몇 년 동안 한솥밥을 먹었던 얼굴들이 보였다. 성격 좋은 자신의 그림자였던 부단주 조당의 얼굴이 보였고 괴팍하지만 실력 좋은 곽기와 매사에 여유로웠던 장홍도 있었다.

하지만 그들의 몸은 어느 순간 큰 도에 도륙되듯 반이 잘려 나갔다. 진파랑은 너무 놀라 눈을 크게 떴다. 그리고 그 사이로 홍수려의 모습이 보였다.

그녀는 밝은 미소를 보였고 백옥처럼 고운 손을 내밀어 망설이는 진파랑의 손을 잡았다.

"가요."

그녀의 목소리가 귀에 들리는 순간 피에 젖어 있던 세상이 아름다운 절경이 가득한 강변으로 바뀌었다.

강물 위에는 작은 나룻배가 지나다녔고 선남선녀(善男善女)들이 강변을 걷고 있었다. 그 사이로 길을 걷던 진파랑은 마주 잡은 홍수려의 따뜻한 온기에 저절로 미소를 보였다.

"진 단주."

뒤에서 들려오는 목소리에 고개를 돌린 진파랑은 종영영의 모습에 굳은 표정을 보였다. 손을 잡았던 홍수려는 그녀의 모습에 놀란 듯 뒤로 물러섰고 종영영이 다가왔다.

"진일이란 이름은 너무 흔하고 쉬워."

그녀의 목소리에 진파랑은 굳은 표정을 보였고 종영영은 한 발 다가오며 미소를 보였다.

"파랑, 파랑이 어떠니?"

자신의 이름이 들리자 진파랑은 어깨를 떨었다.

"보고… 싶었습니다."

긴 기다림과 함께 다가온 그녀의 모습에 본능적으로 흘러나온 말이었다. 종영영은 부드러운 미소로 진파랑을 바라보았지만 곧 천천히 물러섰다. 그녀가 사라지자 진파랑의 주변은 점점 어둡게 변하였다.

어두운 하늘 아래 홀로 서 있는 진파랑의 귀에 수많은 사람들의 발소리가 들렸고 그 중앙에서 감우의가 도를 들고 달려오는 모습이 보였다.

감우의의 눈에 살기가 보이자 진파랑은 뒤로 물러섰다. 감우의는 그런 진파랑의 모습이 재미있는지 비웃듯 웃으며 다가왔고 그의 바로 코앞에 멈춰 섰다.

"그래서 어쩌려고? 그래서 무엇을 하려고? 우린 어차피 버려진 개일 뿐이야."

감우의의 목소리에 진파랑은 어깨를 떨었고 눈을 부릅떴다.

"병신새끼."

감우의는 비웃듯 한마디 툭 내뱉고는 뒤돌아섰다. 막 걸음을 옮기려던 감우의의 어깨를 진파랑이 잡았다.

"어디 가?"

"버려진 개는 죽을 뿐이야, 놔둬."

감우의는 어깨를 잡은 진파랑의 손을 밀친 뒤 빠르게 걸어나갔다. 그의 뒤로 얼굴도 모르는 수많은 사람들이 따라 걸어갔다. 그들은 아무것도 못 하는 자신의 무능함을 비웃는 것 같았다. 실제 지금도 자신은 아무것도 못 한 채 멀어지는 감우의를 그저 바라만 봐야 했다.

후두둑!

어두운 하늘에서 비가 떨어지기 시작했다.

비는 세상을 모두 적시려는 듯 강하게 떨어졌고 진파랑은 그저 멍하니 서서 떨어지는 빗줄기를 쳐다보았다. 비는 머리부터 발밑까지 그의 전신을 적시며 내려갔다.

"왜 그렇게 서 있어요?"

우산을 든 그녀는 언제부터 그곳에 서 있었을까? 그녀는 바로 옆에 서서 진파랑을 물끄러미 쳐다보고 있었다. 진파랑은 우산을 든 마지령의 모습에 살짝 고개를 숙였다. 비에 젖은 자신의 모습이 초라해 보였기 때문이다. 그녀의 앞에 서면 언제나 이렇게 초라한 기분이 든다.

"언제부터 있었소?"

"오래전부터요. 아주 오래전······."

"오래전이라······."

진파랑은 가만히 중얼거리며 고개를 들어 하늘을 쳐다보았다. 빗방울은 얼굴을 때렸고 여전히 차갑게 전신을 적시고 있었다.

"이 비는 언제쯤 그칠 것 같소?"

진파랑의 목소리에 마지령은 무심한 눈동자로 고개를 들어 어두운 하늘을 쳐다보았다.

"한동안은 계속 내릴 것 같아요."

"좋군."

진파랑은 얼굴을 때리는 빗방울에 기분이 좋아지는 것 같았다. 지금까지의 모든 기억과 피로 얼룩진 육체가 씻겨가는 것을 느꼈다.

마지령의 목소리가 울렸다.

"연심이란 마음을 수련하여 환단의 조화를 이루는 것으로 세속에서는 연기(煉己)라고도 부른다……."

"첫 번째 연심은 아직 순수하지 못한 마음을 수련하는 것이다. 순수하지 못한 마음이란 아직 이치에 맞지 않는 근거 없는 일에 집념하는 그릇된 생각이 많고 떠돌아다니는 생각이 많은 것을 뜻한다."

쏴아아아!

떨어지는 빗소리 사이로 진파랑은 마치 답을 알고 있다는 듯 마지령의 말을 이었다. 마지령은 마치 다음 질문을 알고 있다는 듯 다시 말했다.

"둘째 층의 연심은 입정(入定)한 마음을 다스리는 것이다."

진파랑은 미소를 보이며 대답했다.

"정(靜)보다 더 높고 깊은 경지에 이르는 것을 정(定)이라 하였다."

본능적으로 이미 알고 있는 답이었다. 그의 답에 마지령은 어두운 하늘이 개고 밝은 햇살이 비치는 것을 보았다. 마지령은 우산을 접었다.

"셋째 층의 수련은 아직 거듭나지 아니한 마음을 수련하는 것이다."

"넷째 층의 수련은 돌아 내려와 감추어지는 마음을 단련하는 것이다."

마지령의 말을 이어 진파랑은 말했다. 말을 하니 마음이 가

60 진가도

벼워지는 것을 느꼈다.

　─다섯째 층의 수련은 축기지심(築基之心)을 단련하는 것
이다.
　─여섯째 층의 수련은 생명을 다해 마치는 마음을 단련하
는 것이다.
　─일곱째 층의 수련은 이미 밝아진 생명을 다스리는 것이
다.
　─여덟째 층의 연심법은 제어된 마음을 단련하여 신(神)과
통하는 길이다.
　─아홉째 층의 연심법은 신령한 단계에 이른 마음을 본래
의 허공(虛空)으로 돌아가게 하는 수련이다.

　"마음을 다스려라……."
　진파링은 미소를 보이며 저 멀리 나타난 무지개를 바라보
았다.

　쉬아아악!
　바람 소리가 방 안에서 울리자 깜짝 놀란 임정은 읽던 책을
덮으며 일어났다. 진파랑의 방으로 가던 그녀는 갑자기 굉장
히 큰 기운을 느끼고는 놀라 걸음을 멈췄다.
　"이 새끼… 뭐 하는 거야? 꿈꾸면서 운기하나?"

임정은 어이없다는 듯 문밖에서 서성이다 마당으로 나갔다.

임정은 진파랑이 일다경 이상 계속 기운을 내뿜기만 하고 멈출 기미를 안 보이자 걱정스러운 표정을 보였다. 보통 이렇게 강한 기운이 계속 이어지면 주화입마에 빠질 가능성이 높았기 때문이다.

"무슨 일이에요?"

안으로 들어오던 예소가 마당을 서성이던 임정을 발견하고 물었다. 예소가 나타나자 임정은 그녀의 어깨를 잡으며 말했다.

"이 기운이 안 보여? 기다려."

임정의 말에 예소가 진파랑이 누워 있는 방을 쳐다보다 그 주변에 깔린 희뿌연 운무를 보고 놀란 듯 눈을 크게 떴다.

"저거… 뭐예요? 설마 말로만 들었던 선천진기? 아니면… 뭐죠?"

"아마 오기조원으로 가는 마지막 단계로 접어든 모양이다. 곧 오색 빛이 영롱히 빛날 거다."

"정말이요? 그럼 탈태환골은 이미 했다는 건가요?"

"그렇지. 어쩌면… 노화순청의 경지를 넘어설지도 모르지."

"말도 안 돼!"

예소가 놀라 소리쳤다. 그녀는 전설로만 듣던 무인의 경지를 임정이 말하자 그저 토끼눈으로 방 안을 쳐다보았다.

현존하는 강호의 수많은 고수들 중에 오기조원에 진입한 고수는 몇 없었고 그 위에 있는 노화순청의 경지에 든 사람도 손에 꼽았다.

그런데 그 속으로 진파랑이 들어가려 한다니 놀랄 수밖에 없었다.

임정이 물었다.

"치료 중에 이런 경우가 가능해?"

임정의 물음에 예소는 턱을 괴며 아미를 찌푸렸다. 그녀는 생각에 잠긴 듯 입술을 만지며 깊은 고민에 빠졌다.

"모르겠어요. 이독제독으로 몸의 다스렸다 해도… 불가능해요. 거기다 다 죽어가던 사람이었어요. 언니의 추궁과혈로 내력을 주입해 다스렸기 때문에 살아날 수가 있었어요. 약 기운을 모두 흡수해서 그런 걸까요? 하지만 그 기운으로는 생명을 건졌을지언정 다른 경지에 오르지는 못해요."

"그렇지? 인사불성이기 때문에 스승님의 내력을 흡수할 수는 없었어……. 운기를 해야 흡수를 하든가 하지……. 그랬다면 더 빨리 회복했겠지. 약 기운은 이미 다 썼을 것이고……. 남은 기운이 있나? 없을 텐데?"

"맞아요, 이상해요."

예소가 임정의 말에 동의하듯 맞장구를 치며 대답했다. 임정은 문득 생각난 표정으로 말했다.

"나보다 고수가 된다면… 남자로서 생각 좀 해야겠는데? 후후후."

"예? 설마…?"

"알몸도 봤겠다. 불끈거리는 것도 봤겠다… 꺼릴 게 없잖아? 나만 보여주면 되는 건가? 호호호!"

임정이 웃으며 말하자 예소가 어이없다는 듯 고개를 저었다.

第三章
기다린다

진가도

불광의 구층연심공(九層煉心功)은 진파랑의 몸을 계속 맴돌고 있었다. 진풍자의 천풍진기가 아닌 불광의 구층연심공을 대성하게 된 사실에 대해 진파랑 본인도 깨어나게 되면 스스로 놀랄 것이다.

불광의 구층연심공은 진파랑이 처음으로 익힌 상승의 무공이었고 그 내력은 단전 깊숙이 선천진기가 되어 남아 있었다. 진풍자의 천풍진기가 문자경과의 싸움과 큰 부상으로 산산이 흩어져 날아가자 남아 있던 구층연심공이 반응한 것이다.

그것이 조자경의 내력과 만나면서 움직였고 임정의 추궁

과혈로 인해 계속 살아나게 되었다. 구층연심공은 진파랑의 몸에서 미약하게 움직일 수밖에 없었다. 파괴된 기혈로 움직일 수 있는 내력은 약할 수밖에 없었고 처음에는 작은 냇물처럼 흐르던 내력은 점점 커져 더욱 넓어지고 있었다. 그리고 오늘 폭발하고 만 것이다.

쉬아아악!
바람은 다시 불었고 집안 전체에 안개처럼 맴돌던 희뿌연 기운은 마치 회오리처럼 삽시간에 진파랑의 코를 통해 사라지고 있었다.

—일곱째 층은 밝아진 생명을 다스리는 것이다.

칠층에 오르자 보이는 건 뜨겁게 타오르는 태양의 모습이었다. 활화산 같은 기운을 사방에 뿌리고 있는 그 모습에 온몸이 녹아내릴 것 같았다. 그리고 저 멀리 또 다른 계단이 보였다.

뜨거운 기운을 걷히고 가다 보면 그곳에 또 다른 세상이 있을 것 같았다. 하지만 그 걸음은 잠시 멈춰야 했다.

작은 호수가 있었고 그 옆에는 마치 고고한 학이 서 있는 것처럼 백의를 입은 마지령이 서 있었다. 그녀의 시선에 진파랑은 걸음을 멈출 수밖에 없었다. 마지령은 마치 인사를 하듯 고개를 숙여 보이더니 환한 미소를 입가에 그렸다.

"어서 와요."

진파랑은 눈을 크게 뜨고 마지령의 미소를 눈에 담았다.

슥! 슥!

무언가 몸을 스치는 기분이 들었다. 살짝 차가우면서 뭔가 따뜻한 느낌이 온몸을 스치는 것 같았다. 바람이 지나가는 것일까? 하지만 바람이라 하기엔 좀 더 살아 있는 생생한 촉감이 전해졌다.

"흠……."

눈을 뜨자 희미한 사람의 모습이 보였고 흐릿한 그 인영은 열심히 손을 움직이고 있었다.

"어?"

눈앞에 백의 여인의 얼굴이 보였다. 그녀는 환한 미소를 지으며 젖은 수건으로 자신의 가슴을 만졌다.

"헉!"

"눈 떴어요?"

"윽!"

몸을 움직이려던 진파랑은 마혈이 제압당했는지 움직일 수 없다는 것에 인상을 굳혔다. 고개조차 움직이지 못하였기 때문에 그저 자신의 알몸을 물수건으로 닦고 있는 예소의 모습을 쳐다만 봐야 했다.

"예 소저?"

"맞아요. 일단 천천히 대화하기로 하고 좀 주무세요. 막상 쳐다보니 창피하네요."

"아니, 저기… 그러니까… 음…….."

예소가 말을 하며 수혈을 집었다. 진파랑은 미처 반항조차 못 하고 잠을 청해야 했다.

진파랑이 다시 눈을 떴을 때 그의 눈에 보인 것은 의자에 앉아 책을 읽고 있는 임정이었다. 책의 제목은 '색마왕(色魔王)' 이라는 극단적이고 자극적인 제목이었다.

"어이."

"응?"

나리를 꼬고 책을 보던 임정은 진파랑의 목소리에 고개를 돌렸다. 이미 예소를 통해 진파랑이 깨어났다는 것을 알았으니 이제부터는 천천히 재활해야 할 때였다.

"내가 어떻게 여기에 있는 거지?"

"그게 계속 궁금했어?"

"물론. 그런데 마혈을 제압한 건가? 몸에 힘이 안 들어가."

진파랑의 목소리는 약간 힘이 빠져 있는 상태였고 인상을 쓰며 억지로라도 일어나려 했지만 몸이 말을 안 듣는 것처럼 보였다.

임정이 미소를 보이며 책을 덮었다.

"오 개월 동안 누워만 있었는데 몸에 힘이 들어가겠어? 반시체였던 너를 이렇게 살려준 것만 해도 감사해야 할 거야."

진파랑도 쓰러지기 전에 자신의 몸이 얼마나 만신창이였는지 기억하고 있었다. 자신은 곧 죽을 거라 생각했고 죽음이 바로 앞까지 왔다고 여겼다. 그때 마지막으로 본 것이 마지령의 얼굴이었다. 그녀의 고고한 눈빛은 아직도 바로 옆에 있는 것처럼 생생했다.

"상황을 좀 설명해 줘."

진파랑의 말에 임정은 고개를 끄덕이며 말했다.

"여긴 남녕이고 독선문의 가장 깊숙한 내 전용 수련 장소지, 네가 이곳에 있다는 것을 아는 사람은 손에 꼽아 다섯 명 정도일까? 지금 강호에 네 소문이 무성하게 퍼져 있는 상태고 천문성은 천지사방(天地四方)에 사람들을 보내 너를 찾고 있지."

"그거 말고 내가 어떻게 여기에 왔지? 지옥에서 눈을 뜰 거라 생각했는데, 예 소저의 얼굴이 보였어. 꿈인지 생시인지 잠시 구별을 못 했는데 지금 다시 눈을 떠보니 네 얼굴이 보이는군."

임정은 그 말에 어이없다는 듯 진파랑의 이마에 딱밤을 때렸다.

딱!

낮은 소리가 울렸고 진파랑은 그 고통에 미소를 보였다.

"살아 있군."

"맞아."

임정은 고개를 끄덕인 뒤 다시 말했다.

"복건의 오미산에서 너를 데려온 것은 마 소저와 우리야. 나하고 예소지. 물론 마애도 도왔어."

"흠……."

마애라는 이름을 듣자 진파랑은 그녀와의 원한을 떠올렸다. 그녀를 죽이려 했지만 죽이지 못한 것이 후회되고 있었는데, 막상 이렇게 임정에게 또다시 그녀의 이름을 들으니 복잡한 기분이 들었다.

임정은 마애를 떠올리며 그녀의 이름을 일부러 진파랑에게 알렸다. 마애와 진파랑 사이에 은원이 깊다는 것을 잘 알기에 한 밀이고, 이 일로 둘 사이에 아무런 문제가 없기를 바랐다.

"부상당한 너를 가까스로 숨만 붙여놓고 이곳까지 데려오는 건 여간 힘든 게 아니었어. 하지만 바다를 통해 이동했기 때문에 시간을 단축시킬 수 있었고 천문성의 눈도 피할 수 있었지. 예소의 책략이라고 봐야지. 예소에게 고마워해야 할 거야."

진파랑은 그녀의 말에 예소를 떠올리며 고개를 끄덕였다. 분명 그녀는 의술에도 정통하다고 알고 있었다.

"또 하나, 스승님도 너를 많이 도왔다는 것을 명심해. 너를 살린 건 독선문이야. 그걸 명심했으면 좋겠어."

"고맙군……."

진파랑은 짧게 대답 후 깊은 숨을 내쉬었다.

"왜?"

"그냥… 그대로 죽을 생각이었는데… 막상 이렇게 살아 있
다고 생각하니 참 재미있는 것 같아서 그래."

"죽고 싶었어?"

"죽을 생각이었지. 어차피 죽을 각오로 문자경에게 덤빈
거였으니까. 계란으로 바위를 치는 거였는데 무사하길 바랐
을까?"

"죽을 각오로 덤볐으니까 문자경을 죽였겠지."

임정은 가만히 중얼거리며 자리에서 일어섰다.

"예소를 불러올게."

그녀가 밖으로 나가자 진파랑은 멍한 눈빛으로 천장을 응
시했다.

"마 소저를 묻지 못했군."

진파랑은 마지령을 떠올리며 그녀가 안 보이자 서운한 기
분이 들었다. 그리고 왜 그토록 그녀를 그리워했는지 문득 의
문스러웠다. 그녀를 향한 감정이 무엇인지도 궁금했다.

임정이 나가자 진파랑은 재빨리 내력을 운기하기 시작했
다. 다행스럽게도 단전은 살아 있었고 진기도 어느 정도 돌고
있다는 것을 알았다. 그런데 운기를 하려 하자 생각지도 못한

온유한 기운을 읽을 수 있었다. 천풍진기의 강맹함이 아닌 구층연심공의 내력을 알게 되자 잠시 놀랄 수밖에 없었다.

'어떻게 된 일이지?'

진파랑의 문득 든 궁금함에 구층연심공을 운용하였고 그의 몸에 뜨거운 기운이 맴도는 것을 알았다. 거기다 전과 달리 매우 상쾌한 기분이 들자 복잡한 기분이 들었다.

사람들의 발소리가 들리자 진파랑은 운기를 멈추고 눈을 뜬 뒤 상체를 일으켜 앉았다.

"큭!"

절로 신음성이 터져 나왔고 복부에서 느껴지는 고통이 상당히 부담스러웠다. 제대로 앉지 못하고 반쯤 누운 상태로 앉자 고통이 덜해졌다.

"저런."

안으로 들어온 예소는 진파랑의 반쯤 누운 모습을 보고 이마에 주름을 그렸다.

"환자는 지금 안정을 취해야 해요. 복부에 바람구멍이 뚫린 사람이 그렇게 함부로 앉으면 되겠어요?"

"이 정도는 괜찮아."

"그걸 결정하는 것도 저예요. 다시 누우세요."

예소가 화난 표정으로 다가와 말하자 진파랑은 미소를 보이며 손을 저었다.

"배가 고파서 그래. 뭐라도 좀 먹으면 안 될까?"

그 말에 예소는 이해한다는 듯 긴 한숨을 내쉬었다.

"알았어요. 잠시만 기다리세요."

그녀는 곧 밖으로 나갔고 임정이 곁에 다가와 앉았다. 진파랑은 궁금한 얼굴로 물었다.

"마 소저는?"

"왜 안 물어보나 했다. 지금 아미산에 갔어."

"아미?"

임정은 고개를 끄덕이며 다시 말했다.

"누가 좀 아픈가 봐. 그것 때문에 급히 갔어. 그런데… 언제 올지는 나도 잘 몰라. 기약 없이 갔으니까. 아니면 이대로 안 올지도 모르지."

임정의 농담 섞인 말에 진파랑의 표정은 굳어졌다. 아미파에 돌아갔다면 그대로 여스님이 될 가능성이 높았기 때문이다. 아미파의 장문인이 될 수도 있었다. 그런 생각이 들자 임정의 말이 농담처럼 들리지 않았다.

"아미라……."

"몸이 다 나으면 그때 가보든가?"

"그러지."

진파랑은 당연한 표정으로 대답했다. 곧 예소가 죽을 들고 들어왔다.

"봉황탕이에요. 자라하고 잉어로 만든 거니까 다 드셔야 해요. 언니가 먹여주세요."

"내가?"

미쳤냐는 듯 노려보는 임정을 향해 예소가 눈을 흘겼다.

"그럼 제가 하죠."

예소는 미소를 보이며 진파랑의 곁에 앉았다. 그 모습에 진파랑은 얼굴을 붉히며 말했다.

"내가 그냥 먹을게."

"뭘 그렇게 부끄러워하세요? 이미 볼 거 안 볼 거 다 봤고 대소변도 제가 다 봐줬어요. 그러니 부끄러워 마시고 그냥 마음 편히 계세요."

예소가 얼굴까지 붉히며 숟가락을 들자 진파랑의 안색은 퍼렇게 변하였다.

"잘들 논다. 신혼집이라도 차려주랴?"

임정은 예소의 모습이 어이없는지 투덜거리듯 말하며 일어섰다.

"저녁에 스승님께서 오신다고 하니까 그렇게 알고 있어."

임정이 다시 말한 뒤 내실로 나가자 예소는 고개를 끄덕였다. 진파랑은 임정의 스승이란 말에 조자경을 떠올렸다. 아직 한 번도 본 적이 없는 인물이었지만 소문은 익히 들어 알고 있는 이름이었다. 중원을 다스리는 오왕 중 한 명이고 오왕 중에서도 가장 무공이 고강하다고 알려진 인물이었다.

저녁 시간이 다 되어서 모습을 보인 조자경은 붉은 홍의를 입고 손에는 섭선을 쥐고 있었다. 그는 훈훈한 미소를 입가에 그리고 있었으며 진파랑을 뜨거운 눈빛으로 쳐다보고 있었다. 마치 꼭 필요한 사람을 보는 듯했고 혹은 가지고 싶은 물건을 보는 듯했다.

그의 뒤로 임정과 예소가 서 있었고 여우 가면을 쓴 마애도 있었다. 세 명의 여제자를 뒤로하고 자리에 앉은 그는 짧은 턱수염을 쓰다듬었다.

"이야기는 대충 들었을 터이니 일이 어떻게 진행되고 있는지는 알고 있겠지?"

"어떤 일을 말씀하시는 겁니까?"

"자네를 살려준 비용을 말하는 거네. 못 들었나?"

"예."

진파랑은 금전적인 부분에 대해 들은 바가 없었기 때문에 눈을 크게 떴다. 예소에게 시선을 던진 조자경은 인상을 굳혔다.

"아… 아직 그 부분은 말하지 않았어요. 이제 겨우 안정을 찾아 눈을 뜬 사람에게 돈을 내놓으라고 할 수는 없잖아요?"

"그래도 꼭 해야 할 말이지."

조자경은 미소를 보인 뒤 진파랑을 향해 시선을 던졌다.

"복건성에서 여기까지 자네를 데려오는 데 들어간 비용만 금으로 천 냥이 넘네."

"엄청나군요."

진파랑은 금 천 냥이란 말에 굉장히 놀란 표정을 보였다. 아직 한 번도 본 적이 없는 엄청난 거금이었기 때문이다.

"진 소협을 나를 배를 구해야 했고, 인부들 입막음을 하는 조건으로 상당히 큰 금액이 들어갔어요. 바다를 건너와야 했기 때문에 어쩔 수 없이 든 비용이에요. 하지만 진 소협의 목숨값에 비할 바가 아니지요."

예소가 얼른 끼어들어 말하자 조자경이 혀를 찼다.

"쯧! 어쩔 수 없이 든 비용이 아니라 그 정도는 당연히 들어가야 했다."

조자경은 곧 진파랑을 향해 다시 말했다.

"거기에 자네를 살리기 위해 들어간 약재값만 은 천 냥은 될 것이네. 거기다 본 문의 비보인 청녹고를 오십 마리 썼는데 그게 한 마리당 금 백 냥이니까 오천 냥인가?"

"흠……."

절로 신음이 흘러나오는 금액이었다. 그냥 막 갖다가 붙이는 금액처럼 들리기도 했다. 너무 황당한 금액이었고 생각해 본 적도 없는 거금이었기 때문이다.

조자경은 계속 말했다.

"거기다 나와 예소의 진료비와 혈청값도 있고… 여기를 또 대여해서 쓰고 있으니 대충 잡아도 금으로 따지면 한 만 냥은 되겠어."

"가늠할 수 없는 금액이군요."

진파랑의 말에 조자경은 고개를 끄덕였다.

"당연히 돈으로 가늠할 수 없지. 우리는 그 큰 은혜를 자네에게 베풀었네."

"예."

진파랑은 저렇게 금전적인 부분에 대해서 이야기하는 것을 듣고 분명 그가 원하는 것이 있다고 생각했다. 그렇지 않다면 저렇게 은혜를 베풀었다는 것에 대해 강조하지는 않았을 것이다. 그렇다면 그가 원하는 것은 무엇일까? 진파랑은 그게 궁금해졌다.

"제게 원하는 것이 무엇입니까?"

조자경은 진파랑의 물음에 기다렸다는 듯 미소를 보이며 섭선을 펼쳤다.

"일단 듣자 하니 자네하고 내 삼제자하고는 원한 관계가 있다 하던데, 풀게나."

"흠……."

진파랑은 그의 말에 인상을 굳히며 마애를 흘깃 쳐다보았다. 마애는 가면을 쓰고 있었기 때문에 표정을 볼 수가 없었지만 눈빛만큼은 볼 수가 있었다. 그녀의 눈빛은 차갑게 반짝이고 있었으며 싸늘한 한기까지 보였다.

"제게 큰 은혜를 베풀어주셨으니 풀겠습니다."

"자네는 두말하는 사람은 아닐 테니 그 말을 믿지."

"예."

"본론으로 들어가서 세 가지만 해주면 되네. 그렇게 해주면 자네를 살려주고 천문성의 눈을 피해 이렇게 숨겨주는 일도 모두 같은 것으로 하겠네. 어떤가? 하겠나?"

"세 가지가 무엇인지 알 수 있겠습니까?"

당연한 질문을 던지는 진파랑이었다. 조자경은 말했다.

"첫 번째는 천외성에 가서 이세신이란 자를 죽여주게."

"헉!"

"천외성?"

조자경의 말에 뒤에 있던 임정과 예소가 놀란 표정을 보였다.

"이세신이 누구에요?"

"그건 진 소협이 알아내야지."

임정의 물음에 조자경은 미소로 답했다.

"제가 몸이 다 낫게 된다면 그때 가서 천외성으로 가지요."

"목숨을 걸어야 할 일이네."

"어차피 죽었던 몸입니다. 그런 저를 살려준 게 독선문이니 그 뜻에 따라야지요."

조자경은 진파랑의 말에 만족한 표정을 보였다.

"두 번째는 여기 뒤에 있는 내 제자들 중 한 명과 혼인을 했으면 하네."

"헉!"

"악!"

"말도 안 돼!"

세 명의 입에서 저마다 비명이 터져 나왔다. 조자경은 그녀들의 말을 무시하며 말했다.

"보다시피 이것들이 다 커서 이제는 노처녀로 늙어가는 중이네. 자네 정도의 무공이면 충분히 내 제자들을 맡겨도 될 것 같아 그러니 알아서 고르게. 이것들의 뜻은 생각지 말고 자네가 찍어! 그럼 내가 밀어주겠네."

"스승님!"

"이 노친네가 미쳤나!"

"어머."

셋의 반응이 저마다 달랐다. 임정은 어이없다는 듯 살기까지 보였고 마애는 고개를 숙였다. 예소는 얼굴까지 붉힌 채 진파랑을 쳐다보았다.

"천외성에서 살아 돌아온다면 그때 가서 두 번째 약속을 지켜도 되겠습니까?"

"좋은 대답이네."

조자경은 진파랑이 천외성에서 죽을지도 모르기 때문에 만약을 위해 한 말이란 것을 알았다.

"세 번째는……."

조자경은 말을 하다 제자들의 살기에 고개를 저었다.

"일단 두 번째까지 모두 지킨 다음에 말하는 것으로 하지. 푹 쉬게나. 그리고 여기 세 명의 제자 모두 자네의 알몸을 보앗고 열심히 옆에서 보살펴 주었네. 그 점을 잊지 말게.”

“고맙습니다.”

진파랑은 진정으로 대답했다. 자신의 목숨을 살리기 위해 이들이 많은 노력을 했다는 것을 느꼈기 때문이다. 조자경은 그런 진파랑에게 따뜻한 시선을 던진 뒤 일어섰다.

“나는 바빠서 이만 가지. 셋은 남아서 잘 상의해 봐. 누가 시집갈지 말이야, 하하하하!”

조자경은 호탕하게 웃으며 빠르게 밖으로 나갔고 남은 셋은 어이없다는 듯 방 안에 서 있었다.

“큰언니가 자꾸 시집을 안 간다고 하니까 스승님께서 저렇게 초강수를 두시는 거잖아요.”

“이게 다 언니 탓이에요.”

“뭐! 이것들이 미쳤나?”

임정이 예소와 마애의 말에 어이없다는 듯 그녀들을 향해 쌍심지를 세웠다. 그 모습에 마애가 후다닥 도망쳤고 예소는 재빨리 진파랑의 옆에 쪼르르 다가와 섰다.

“제가 다치면 진 소협을 보살필 사람이 없어요.”

예소의 말에 임정은 길게 한숨을 내쉬다 고개를 저었다.

“난 좀 쉬어야겠다. 네가 알아서 해라.”

임정은 중얼거리며 자신의 방으로 향했다.

“화목해 보이오.”

“그런가요?”

진파랑은 고개를 끄덕였다. 세 자매가 함께 있는 것 같은 모습이었고 투닥거리는 게 보기 좋았다. 정겨운 느낌에 부러운 기분마저 들었다.

"스승님의 말씀… 너무 귀담아듣지 마세요. 저희가 시집을 안 가니까 저러는 거예요."

진파랑은 예소의 말에 미소를 보였다.

＊　　　＊　　　＊

수많은 사람이 오가는 천문성의 외성을 지나면 조용함이 가득한 내성의 깊숙한 곳에 작은 별장이 있었다. 별장의 주변에는 계곡이 있었고 마루에 앉아 있으면 흐르는 물소리가 들렸다. 새소리가 영롱하게 들리고 단풍나무와 소나무가 어우러진 운치 있는 곳이었지만 왠지 모를 적막감이 감도는 곳이었다.

창을 통해 실내를 들여다보니 의자에 앉아 수를 놓고 있는 한 명의 여인이 있었다. 그녀는 아름다웠지만 근심과 걱정이 가득하고 수심에 찬 눈빛을 하고 있었으며 안색은 창백했다.

"휴……."

나비를 수놓던 바늘을 내려놓으며 긴 한숨을 내쉰 그녀는 탁자 위에 놓인 차를 마셨다.

"이 년간 외부 활동을 금지한다."

그녀는 총군인 문대영의 모습을 떠올리며 고개를 저었다. 그는 자식을 잃은 슬픔에 분노하고 있었지만 최대한 그 모습을 참기 위해 노력하는 가슴 아픈 아버지의 모습을 하고 있었다. 그것을 알았기에 아무 말도 못한 채 이곳에 갇혀 있어야 했다.

문자경을 돕기 위해 움직였지만 한발 늦어 그의 죽음만을 보았다고 보고한 그녀였다. 하지만 문자경의 죽음에 자신도 일조한 것은 사실이었고 그것을 숨기고 있는 자신의 모습이 한심스럽게 느껴졌다.

문자경을 죽이고 싶을 만큼 미워했지만 막상 그가 죽었다고 생각하니 그 죽음의 무게가 무겁다는 것도 알았다. 그 마음을 달래기 위해 노력하고 있었지만 쉽지는 않았다.

어쩌면 이곳에 갇힌 것도 문대영의 배려가 아닐까 하는 생각이 들었다. 이곳에 있으면서 마음을 달래고 안정을 찾으라는 것 같았다.

"나야."

조금 떨어진 곳에서 장산의 목소리가 들렸고 그녀가 빠른 걸음으로 걸어와 내실로 들어섰다. 그녀를 보자 홍수려는 미소를 보였다. 하루 종일 붙어 있던 그녀가 잠시 자리를 비웠는데 그 잠시의 시간도 사실 허전했었다. 이제는 그림자 같은 존재가 된 장산이었다.

"진파랑을 찾지 못한 모양이야. 그의 죽음도 전해진 것이 없고… 어디서 죽었다는 소식도 없는 것으로 보아 잘 숨은 것 같아."

"확실히 안 죽었겠지?"

"이렇게 감감무소식에 유령처럼 꺼진 것으로 볼 때 누군가 숨겼을 가능성이 높아. 그러니 살아 있는 게 확실해."

그녀의 말에 홍수려는 조금 안도하는 눈빛을 던졌다. 장산은 문득 인기척을 느끼자 자리에서 일어나 창밖으로 시선을 던졌다.

"저예요."

말과 함께 오솔길에 나타난 수연은 소리 없이 인사를 한 뒤 조용히 내실로 들어왔다. 홍수려와 장산의 심복이자 오른팔인 그녀는 현마각에서 일을 하고 있었다.

"총군과 신 각주 역시 마지령을 쫓았지만 진파랑을 찾을 수 없었다고 해요."

문대영과 신주주는 마지령과 진파랑의 관계가 상당히 깊다는 보고를 따라 그녀의 흔적을 쫓았다. 마지령이 복건성에 들어왔다는 보고도 받았기 때문에 그녀의 흔적을 쫓은 것이다. 하지만 그녀는 아미산에 있으며 진파랑은 없었다고 한다. 조심스럽게 아미산을 뒤지고 있지만 그 큰 아미산을 다 뒤지는 데 상당한 시간이 걸릴 것이다. 거기다 아미파의 눈도 피해야 했기 때문에 진파랑을 찾는 일은 쉽지 않을 것으로 보였다.

홍수려는 마지령이 진파랑을 데려가는 것을 보았기 때문에 그 부분을 걱정하고 있었다. 하지만 다행스럽게도 그녀는 하늘로 솟구쳐 도망친 것 같았다. 그렇지 않으면 진파랑이 그렇게 쉽게 천문성의 눈을 피해 숨을 수 없었기 때문이다.

무엇보다 궁금한 것은 그의 생사였다. 하나 죽었다는 소식도 없으니 이는 살아 있는 게 분명했다.

"마지령은?"

"아미파에 있어요. 그녀는 연정 스님이 병환으로 쓰러지자 아미파로 돌아간 모양이에요."

홍수려의 물음에 수연은 재빨리 대답했다.

"다른 소식은 없어?"

"아직은 없어요. 아! 문 대주께서 곧 오실 거예요."

수연의 말에 홍수려와 장산의 표정은 굳어졌다. 문 대주라는 것은 문주영을 뜻하는 것이기 때문이다. 문주영은 문자경의 동생이자 무림원 이대 대주를 맡고 있었다.

"고마워."

홍수려의 말에 수연은 허리를 깊게 숙인 뒤 조용히 물러났다. 그녀가 소리 없이 사라지자 장산이 말했다.

"문주영이… 왜?"

홍수려는 천문성에 복귀한 뒤로 단 한 번도 만난 적이 없었다. 문자경이 죽은 그 슬픔에 며칠 동안 앓아누운 소식은 들어서 알고 있었다.

"한동안 내외 활동을 안 했다고 들었는데……."

장산도 그가 출입을 자제하고 조사당에서만 지낸 것으로 알고 있었다.

얼마 지나지 않아 문주영의 호위무사들이 모습을 보였고 그 사이로 문주영이 나타났다. 그의 호위는 십 장 정도의 거리에서 머물렀고 더 이상 다가오지 않았다.

문주영이 내실로 들어오자 장산이 시비를 대신해 차를 내줬다. 그 모습을 보던 문주영은 눈을 반짝였다.

"장 위사는 크게 다친 곳이 없는 모양이오?"

문자경이 죽었을 당시를 말한다고 생각한 장산이 뒤로 물러나며 대답했다.

"내상이 심해 며칠간 거동도 못 했지요."

그녀는 대답 후 홍수려의 뒤에 섰다. 문주영은 차를 마시다 그 모습이 마음에 안 들었는지 입을 열었다.

"둘만 대화를 좀 나누고 싶은데 어떻소?"

"중요한 일인가요? 장 위사는 제 그림자와도 같아요. 그러니 저라고 생각해도 돼요."

"그냥… 둘만 있고 싶어서 그런 겁니다, 누님."

문주영의 눈빛은 우수에 차 있었고 진한 슬픔이 보였다. 그 모습에 홍수려는 고개를 끄덕였다. 장산은 인상을 찌푸리며 마당으로 나갔다. 하지만 돌발 상황을 대비해 오 장 정도의 거리에서 더 이상 멀어지지는 않았다. 오 장의 거리는 그녀가 단 한 번의 도약으로 홍수려의 곁에 도착할 거리였다.

"형님이 죽었다는 소식을 듣고 며칠 동안 잠을 못 자고 울었습니다."

그의 말에 홍수려는 아무 대답도 못 했다. 문자경을 미워했기 때문이다. 하지만 미워했어도 그가 죽었다는 것에 속이 시원한 것도 없었다. 그녀도 왜 그런지 모르지만 상당히 슬퍼했고 눈물을 흘렸다. 그것은 진심이었다.

"그런데 참 이상해요, 형이 죽었다고 하니 사람들은 전과 다르게 나를 대하더군요."

"그렇군요."

홍수려는 대충 짐작한 듯 대답했다. 이제 천문성의 후계자는 단 한 명, 문주영뿐이었다. 그 사실을 사람들은 잘 알고 있었다. 그러니 그를 특별하게 대할 수밖에 없었다. 문주영은 그것을 피부로 느끼고 있었다.

"전과 다른 사람들의 시선과 말투 때문에 요즘 참 복잡합니다."

홍수려는 차를 마시며 고개를 끄덕였다.

"누님은 제가 다르게 보입니까?"

"전과 같아요."

홍수려는 고개를 저으며 대답했다. 자신의 눈에는 보이는 문주영은 여전히 자신보다 두 살 어린 동생처럼 보였다. 어릴 때부터 서로 업어주고 업히던 사이였다.

"어젯밤 할아버님이 오셨는데……."

문주영의 할아버지는 단 한 명, 천하제일 고수를 바라보는 네 명의 절대자 중 한 명인 문홍립이었다. 패자의 세상을 외치던 그는 젊은 날 천하를 울렸던 고수였다.

문주영은 계속 말했다.

"아버님께 첩을 받으라고 하더군요. 숙부님께도 둘째 부인을 받아 자식을 낳으라고 말씀하셨습니다. 후대에 문제가 생길지 모르니 만약을 대비해서 자식들을 몇 명 더 낳으라고 하시는데 가슴이 먹먹해지는 것 같았습니다."

"그랬군요."

홍수려는 문주영의 말에 짧은 숨을 내쉬었다.

"저한테도 장가를 가라고 하더군요. 홍가의 여식과 혼례를 준비하라고 하는데 형이 죽은 지 아직 일 년도 안 지났어요. 그런데 벌써부터 그런 말을 한다는 게… 제게는 무거운 짐인 듯합니다."

"견디세요."

홍수려는 낮게 속삭이듯 말했다. 그녀의 한마디에 문주영의 표정은 조금 밝아진 듯 보였다. 그가 듣고 싶었던 말 중에 하나였기 때문이다.

"천문성의 후계자가 되실 분이에요. 곧 총군에 오르실 분이 그런 약한 말을 하시면 안 돼요. 다른 사람들에게는 강한 모습만 보여야 합니다."

홍수려의 말에 문주영은 고개를 끄덕이면서도 씁쓸한 표정을 보였다. 자신이 후계자란 사실에 대해 아직도 실감이 안 나는 표정이었다.

문주영은 궁금한 표정으로 물었다.

"누님은 여전히 제가 어린 동생으로 보입니까?"

"그래요."

홍수려는 당연하다는 듯 대답했다. 문주영은 굳은 표정으로 다시 말했다.

"저는 누님하고 혼인을 하고 싶습니다."

"그건……"

그의 말에 깜짝 놀란 홍수려는 눈을 크게 떴고 창을 통해 대화를 듣던 장산도 굳은 표정을 보였다. 설마하니 문주영의 입에서 혼인이란 말이 나올 줄은 몰랐기 때문이다.

"아버님은 홍가희와 혼인을 하라고 하는데 저는 누님이 더 좋습니다."

"저는 양손녀예요. 절대 홍가의 피가 흐르는 사람이 아니에요. 할아버님께서 돌아가시면 저 역시 어떻게 될지 몰라요……"

"그러니 저와 혼인을 하자는 겁니다. 누님의 안전을 위해서라도 저와 혼인을 하는 게 좋습니다."

홍수려의 말에 기다렸다는 듯이 문주영은 대답했다. 그는 홍수려의 당황하는 표정을 바라보며 다시 말했다.

"지금 여기저기서 혼담이 오고 있습니다. 아버님은 첩까지 받으라고 하고 있으며 자신과 달리 많은 자식을 낳으라고 합니다. 형님의 죽음 때문에 제 주변에 너무 큰 변화들이 일어나고 있어요. 제게는 누님이 필요합니다."

갑작스러운 환경의 변화에 적응하려고 노력하는 문주영이었고 그는 홍수려를 원하고 있었다.

"저를 좋아하나요?"

"아시잖아요? 어릴 때부터 좋아했잖아요. 늘 좋아한다고 말했지만… 커서는 형님 때문에 누님께 접근할 수 없었습니다."

"못 들은 걸로 할게요. 그러니 제게 그런 부담 주지 마세요."

"형님 때문입니까?"

문주영은 홍수려와 문자경의 사이가 각별하다고 생각했다. 실제 대다수의 성내에 있는 사람들은 모두 그렇게 생각하고 있었다. 그렇기 때문에 그녀에 대한 처우도 가벼웠던 것이다.

"그만해요."

"죄송합니다."

문주영은 홍수려의 말에 쓸쓸한 표정으로 차를 마셨다. 오래된 차도 아닌데 오늘따라 쓰게 느껴졌다.

"천하에는 정말 아름다운 여성이 많이 있어요. 사대미인도 포함해서요. 그녀들을 만나 보셨나요?"

"아니요."

"한번 만나보세요. 정말 멋있고 아름다운 분들이에요. 그런 분들을 놔두고 굳이 천문성에서 여자를 찾을 필요는 없어요. 홍가의 여자와 혼인할 이유도 없잖아요? 동생은 아직 젊고 앞날이 창창한데 너무 성에만 안주하는 것 같아요. 밖에 나가서 천하를 돌아보고 견문을 넓히는 것 또한 후계자가 할 일이 아닐까요?"

"가출이라도 해야겠습니다."

문주영은 웃으며 대답했다. 밖에 나간다고 하면 과연 허락을 해줄지도 의문이었다. 홍수려가 다시 말했다.

"말해보고 안 되면 가출도 상관없지 않을까요? 지금까지 동생은 단 한 번도 총군과 성주님의 눈에 거슬리는, 아니, 어른들의 눈에 거슬리는 일을 한 적이 없어요. 그건… 자기 자신을 너무 속이는 게 아닐까요? 저라면… 밖에 나가볼 것 같아요. 마침 두 달 후면 당가주의 생일이에요. 본성에서도 사람이 나갈 텐데 그때 한번 가보는 게 어때요? 천하의 수많은 문파에서 많은 사람들이 올 터인데 그곳에 얼굴을 내미는 일도 후계자가 할 일이죠."

"좋은 말씀입니다. 아버님을 설득해 보지요."

문주영은 홍수려의 말에 호기심을 가지고 대답했다.

"당가라… 그런데 좀 먼 곳이네요."

"네, 멀어요. 그래서 더 좋은 것 같아요. 오가는 동안 명승고적들을 유랑할 수 있을 테니까요."

그녀의 말에 묻어 있는 진한 아쉬움에 문주영은 미소를 보였다.

"제가 누님 대신 이 눈으로 명승고적들을 유람한 뒤 달려와 설명하지요. 하하하하!"

"고마워요."

그의 호탕한 웃음에 기분이 좋아진 홍수려는 눈웃음을 보였다. 그렇게 화기애애한 분위기가 만들어지고 많은 이야기가 오가기 시작했다.

第四章
닫힌 문은 열린다

진가도

구름이 산을 타고 넘어가고 축축한 비가 소리 없이 내리는 높은 산중에 사람이 오가는 길이 있었고 계단도 보였다.

계단 위에는 작은 암자가 있었고 열린 문에 기대어 앉은 한 사람이 있었다. 그녀는 떨어지는 부슬비를 바라보며 저 멀리 산등선을 타고 흘러가는 운무를 쳐다보았다. 오랜만에 보는 풍경이었지만 익숙하고 어릴 때의 추억을 떠올리게 만드는 모습이었다.

아침의 공기는 차가웠지만 마지령은 이런 아침이 좋았다. 서늘하면서 시원한 공기가 정신을 맑게 해주었기 때문이다.

고개를 돌려 주변의 풍경을 살피던 마지령의 눈에 암자의 옆에 마련된 작은 집에서 방문을 열고 나오는 십 대 중반의 소녀가 보였다.

"으아아암!"

그 소녀는 기지개를 한껏 켜더니 하품과 함께 허리를 좌우로 흔들며 몸을 풀었다. 그러다 마지령을 발견하자 놀란 듯 허리를 숙였다.

"사숙님을 뵙습니다."

그녀의 인사에 마지령은 고개만 끄덕였다. 하지만 표정의 변화는 없었다. 그 모습에 소녀는 친근함을 보이지 못하고 어물쩍 다가왔다.

"내려가서 물을 길어 올게요."

"그래."

마지령은 단순하게 대답했다. 특별히 하고 싶은 말이 있는 것도 아니었고 그녀의 성격상 말을 많이 하는 편도 아니었기 때문이다. 소녀가 물통을 들고 우물로 가는 모습을 바라보며 마지령은 자리에서 일어났다.

마지령은 곧 밖으로 나와 부슬비를 맞으며 집 안으로 들어갔다. 그곳에 창백한 안색의 연지가 누워 있었다. 그녀는 두꺼운 이불을 덮고 있었는데 마지령이 들어오자 미소를 보였다.

마지령은 연지의 손을 잡으며 그녀의 곁에 앉았다. 연지의 머리 옆에는 마지령의 우산이 놓여 있었다.

"연심이구나."

"네."

연심이란 말에 마지령은 미소를 보였다. 그녀의 얼굴에 미소가 그려지자 연지는 기분 좋은 얼굴로 다시 말했다.

"몸이 아프면 서럽고 슬픈데 좋은 것도 있구나. 이렇게 연심의 얼굴을 가까이서 보게 되니 말이다."

마지령은 불과 몇 년 사이에 많이 수척해지고 주름도 많아진 연지를 걱정하고 있었다. 하지만 표정은 큰 변화가 없어 보였다.

"어제도 봤고 그제도 봤잖아요. 내일도 볼 거고 모레도 볼 거고… 앞으로 쭉 보게 될 거예요."

"그러면 좋지."

연지는 눈을 감으며 고개를 끄덕였다.

마지령은 어릴 때 연지와 함께 시장에 나갔던 기억을 떠올렸다. 연지가 사준 우산으로 복호사에서 금정사까지 오갔던 기억이 생생하게 살아 있었다.

그때의 두견화 나무는 여전히 그 자리에 서 있었고 그곳의 풍경은 변한 것이 없었다. 하지만 연지는 병들었고 수척해진 얼굴로 누워 있었다. 수련을 하다 주화입마에 빠졌다고 하지만 고칠 수 없다는 불치병에 걸린 것이 분명했다.

사천 제일의 의원이라 불리는 당서위도 다녀간 상태였다. 그 역시도 힘들다고 말했다고 한다. 그렇다면 천하제일의 의

원을 데려와야 하는 게 아닐까? 독선문에 손을 뻗고 싶었다. 그곳의 의원들도 당가만큼 뛰어나다는 소문이었다.

"정혜는 어디에 갔지?"

"우물에 있어요."

"정혜가 내 제자가 된 지 오 년이 되었지만 거의 가르치지를 못했다. 제자로 받고 얼마 뒤 내가 이렇게 주화입마에 빠졌으니 말이다."

마지령은 고개를 끄덕였다.

"다른 사저나 사매의 제자들은 모두 한발 앞서 나가고 있는데 아무것도 못 한 채 내 수발만 들고 있으니 많이 속상할 거야."

연지는 정혜가 이곳에서 안 떠나려 하는 것도 다 자신 때문이라 생각했다.

"행여… 차별이나 당하지 않았으면 좋으련만……."

"너무 걱정하지 마세요. 똑똑하고 착한 아이예요."

자신의 몸이 아픈데도 제자를 걱정하는 연지의 모습에 마지령은 미소를 보였다.

"정혜를 부탁하마."

연지의 힘없는 목소리에 마지령은 그녀의 손을 꼭 잡고 고개를 끄덕였다. 연지의 얼굴에 화색이 돌자 마지령의 표정이 굳어졌다.

"사저께 미안하다고 전해주겠니?"

마지령은 다시 한 번 고개를 끄덕였다. 연지는 그 모습에 마지령의 손을 힘주어 잡았다.

"스승님, 조식 가져왔어요."

"쉿!"

방문을 열고 들어오던 정혜는 마지령의 입에서 낮은 목소리가 들리자 걸음을 멈췄다. 마지령은 고개를 돌려 정혜를 향해 미소를 보였다.

"방금 막 잠드셨어."

정혜는 그녀의 말에 저도 모르게 다리에 힘이 풀린 듯 주저앉았다. 그건 마지령의 눈가에 맺힌 눈물 자국 때문이다.

연지의 손을 잡고 복호사의 정문에 들어서던 모습이 떠올라 잠시 정문 앞에서 걸음을 멈춘 정혜였다.

오래된 문설주와 기둥들, 그리고 그림자에 가려진 사방신의 모습까지 모두 삼 년 전의 기억을 떠오르게 만들었다.

복호사의 문을 넘어 들어왔을 때 느껴진 많은 사람들의 시선에 얼굴을 붉히고 고개를 숙였다. 그리고 연지의 제자로 정혜라는 이름을 받게 되었고 이대 제자가 되기까지 마치 모든 게 순식간에 지나간 꿈처럼 느껴졌다.

"뭐해?"

"앗!"

놀란 정혜는 자신을 빤히 쳐다보는 십 대 중반의 소녀 두 명을 향해 고개를 숙였다. 그들은 정혜의 사형제들인 정인과 정청이었다.

"송운암에서 내려온 거야?"

"예."

"들어가자."

정인이 정혜에게 말하며 미소를 보였다. 정인은 바로 위에 있는 사저로 정혜보다 두 살 많았고, 정청은 정혜와 동갑으로 연운의 막내 제자였다.

"예."

정혜는 조심스럽게 대답 후 그녀들을 따라 안으로 들어갔다.

정혜는 정인을 따라 안으로 들어간 뒤 넓은 연무장을 지나 연운에게 향했다. 복호사의 주지인 연운은 정혜가 다가와 서찰을 내밀자 받아서 읽었다. 서찰에는 간단한 안부와 함께 생필품의 목록이 적혀 있었다.

"준비해 줄 테니 기다리거라. 이왕 여기까지 왔으니 오늘은 좀 쉬고 내일 올라가려무나."

"예."

정혜는 대답 후 복호사에 머물 때 쓰던 방으로 향했다. 작은 연무장을 끼고 있는 주객원이었는데 그곳엔 속가제자들이 머물고 있었다.

주객원의 담을 넘자 십여 명의 속가제자가 무공을 수련하는 게 보였다.

"얍!"

"합!"

그들은 모두 정혜와 비슷한 나이였고 그들의 앞에는 연운의 대제자인 정림이 있었다. 그녀는 이십 대 중반에 이대 제자 중 손에 꼽는 무공 실력을 지니고 있었다. 그녀가 속가제자들을 가르치고 있었다.

그녀는 정혜를 보자 반가운 듯 불렀다.

"정혜로구나. 이리 오너라."

"예, 사저."

정혜는 정림이 부르자 놀란 듯 재빨리 그녀의 앞으로 쪼르륵 다가갔다. 정림은 정혜에게 목검을 건네며 말했다.

"연화삼십육검을 펼쳐 보거라."

"아… 그게 아직."

정혜는 아미에 들어온 뒤 제대로 무공을 수련한 적이 없었기 때문에 연화삼십육검을 제대로 펼칠 수가 없었다.

정혜는 말을 하다 뒤에 서 있는 속가제자들의 시선에 얼굴을 붉혀야 했다. 정림은 어이없는 표정으로 말했다.

"아미에 들어온 지 삼 년이나 지났는데 아직도 연화삼십육검의 기수도 모른다는 소리냐? 도대체 그동안 무엇을 했느냐?"

"죄송합니다."

"꺄르르!"

정혜의 대답에 소리 내어 웃는 속가제자들이 있었다. 그 웃음에 정림은 표정을 굳혔고 속가제자들은 재빨리 고개를 숙였다.

"사숙님께서 돌아가셨다고 해서 무공 수련을 게을리해서는 안 된다. 정청은 이리 오거라."

"예, 사저."

정청이 대답 후 다가오자 그녀에게 목검을 내미는 정림이었다.

"정혜와 비무를 하거라."

"예."

정청은 기다렸다는 듯 대답했다. 그녀의 대답과 달리 정혜는 난감한 표정을 보였다. 그녀는 목검을 쥐었지만 떨리는 표정을 보였다. 한두 번 당한 것이 아니건만 여전히 비무는 그녀에게 무거운 짐이었다.

"소청검법은 알 것 아니냐?"

"예."

소청검법은 아미파의 가장 기본이 되는 검법으로 육식이었고 연지가 병상에 눕기 전 배운 검법이었다.

"비무를 하거라."

정혜는 정림의 말에 감히 대답도 못 하고 목검을 든 채 정청을 바라보았다. 정청은 굳은 표정으로 정혜를 향해 검을 겨누다 재빨리 움직였다.

연화삼십육검의 난화불식(蘭花不息)의 초식을 펼쳤다. 정청의 발은 빠르게 앞으로 나가며 정혜의 명치를 노리는 듯했으나 가볍게 검로가 바뀌더니 어깨를 때렸다.

정혜는 몇 번 정청의 난화불식을 경험했기에 좌측으로 한 보 움직여 검을 들어 막았다. 하지만 그것도 예상한 정청의 검이 재빨리 방향을 바꾸더니 정혜의 오른 팔뚝을 때렸다.

팍!

"악!"

피하지 못한 정혜는 목검을 놓치더니 뒤로 물러나 눈물 섞인 얼굴로 고개를 숙였다.

"일 초조차 피하지 못하다니… 쯧! 쯧! 정청은 여기 온 지 일 년이 안 지난 네 사매가 아니더냐? 정진해야 할 것이다."

"예……."

정혜는 떨리는 목소리로 대답 후 소매로 눈가의 눈물을 훔쳤지만 그녀를 감싸는 사람은 없었다.

"저것도 못 피해?"

"나도 피하겠다."

소녀들의 목소리가 정혜의 귀에 들어왔다.

"죄송합니다."

정혜는 그저 고개를 숙일 뿐이었다.

"가보거라."

정림은 싸늘히 말했고 정혜는 조용히 자신이 머물 객방으로 향했다.

객방에 들어간 정혜는 홀로 방구석에 앉아 어깨를 떨어야 했다. 문밖으로 속가제자들이 목소리가 들려왔다.

"정혜는 정말 바보가 아닐까?"

"재능이 얼마나 없으면 삼 년이나 지났는데 소청검법도 제대로 못 펼쳐?"

"돌아가신 연 사숙께서도 바보 같아서 아무것도 안 가르쳤다고 해."

"호호호!"

속가제자들의 목소리가 그녀의 어깨를 더욱 움츠리게 만들었다. 정혜는 팔뚝이 살짝 부어오르자 그 쓰라림에 입술을 깨물었다.

벌컥!

문이 열리는 소리에 화들짝 놀란 정혜가 고개를 들자 그곳에 정청이 보였다. 정청은 금창약을 손에 들고 있었는데 상당히 차가운 표정이었다.

"사저께서 갖다 주라 해서 가져왔어."

휙!

정청이 금창약을 던졌다. 하지만 급작스럽게 던진 금창약 통에 놀란 정혜는 그대로 이마에 맞아야 했다.

"아야!"

"병신이냐? 그것도 못 피해?"

정청은 화난 듯 말한 뒤 문을 닫았다.

"그렇게 갑자기 던지면 어떻게 피해……."

정혜는 투덜거리듯 중얼거리며 금창약을 팔뚝에 바르기 시작했다.

다음 날 일찍 일어난 정혜는 연운이 건네주는 짐을 받고 바쁘게 송운암으로 향했다. 송운암까지 반나절은 가야 했기에 급히 서둘렀다.

"헉! 헉!"

숨은 턱까지 차올랐고 땀은 계속 흘렀다. 하지만 좀 더 위에 올라가면 쉴 수 있는 곳이 있기에 그곳까지 쉬지 않고 걸었다.

한참을 걸어 지쳐 쓰러질 듯할 때 그녀의 눈에 푸른 잎을 간직한 커다란 나무가 보였다. 그곳에 다가간 그녀는 그 밑에 앉아 눈을 감고 숨을 골랐다.

"아직 멀었구나."

정혜는 나무가 꽃을 피울 때 얼마나 아름다운지 잘 아는 듯 중얼거렸다. 그리고 그 꽃이 아미의 상징 같은 두견화라는 것도 알고 있었다.

"정혜야."

문득 들려오는 소리에 고개를 든 정혜의 눈에 세 명의 여제자가 보였다. 그들은 금정사에 있는 정선 대사저와 정화, 정월이었다.

정선은 이십 대 후반의 나이였고 연심보다 세 살 연상이었다. 연정의 첫째 제자였고 모든 아미파의 이대 제자 중 가장 앞에 있는 제자였다.

정선과 함께 정혜의 동기이자 가장 친한 동기인 정화가 있었다. 정화는 정혜보다 보름 먼저 복호사에 들어온 제자였는데 연정을 따라 금정사로 가면서 정혜와 헤어졌다. 정월은 이십 대 초반에 큰 키를 가진 여제자였다.

"아! 정혜가 사저님들을 뵙습니다."

정화가 정혜를 부르며 얼른 다가왔다.

"여기에서 뭐해?"

"심부름 다녀오는 길이야."

정화가 정혜의 손을 잡다가 그녀의 표정이 굳어지자 인상을 찌푸렸다.

"뭐야? 왜 그래? 어디 다쳤어?"

"아니… 쫌……."

정혜는 자신의 팔을 슬쩍 가슴 앞으로 당기며 고개를 저었다. 그 모습에 정선의 표정이 굳어졌다. 그녀의 팔뚝이 부어 있는 것을 파악했기 때문이다.

"왜 그렇게 다쳤지?"

정선의 물음에 정혜는 순간적으로 식은땀이 흘렀다. 그녀의 날카로운 시선 때문이다.

"그게… 비무를 하다 살짝 다친 거예요."

"비무? 연 사숙께서 삼 년 가까이 병상에 누워 있었기 때문에 병 수발만 들었던 네가 무공을 얼마나 배웠겠느냐? 그런데 네게 비무를 시켜? 누가 비무를 시켰느냐?"

"정림 사저께서……."

정혜는 조용히 대답했지만 정선의 표정이 굳어지는 것에 마음이 쪼그라드는 것 같았다.

"알았다."

"저기… 대사저."

"응?"

정월이 부르자 정선은 시선을 돌렸다. 정월은 조금 걱정된다는 듯 말했다.

"연 사숙께서 혜아가 다친 것을 알면… 좀 시끄러워지지 않을까요? 저기… 연 사숙의 성격을… 잘 아시잖아요?"

말을 살짝 더듬듯 말하는 정월은 조금 소심한 듯 보였다. 그녀의 말에 정선은 짧은 숨을 내쉬었다.

"흠… 그럴지도 모르지."

연심의 성격을 누구보다 잘 아는 정선이었다. 보기에는 말 없고 조용한 성격 같지만 실제로는 불같고 한번 마음먹으면 꼭 하고야 마는 연심과 어린 시절을 함께 보낸 그녀였다.

게다가 지금은 자신의 스승인 연정과 함께 아미파 최고의 고수였고 과거 단 일검에 살수도 펼쳤다. 그 피 튀기는 모습을 옆에서 보던 정선이었다. 차갑고 맑으면서 투명했던 그 모습을 정선은 잊지 못하고 있었다. 고고한 학과도 같은 연심이었다. 그런 그녀를 정혜가 모시고 있었다.

정혜의 앞날도 걱정이라고 생각하는 그녀였다.

"후… 이 일은 그냥 모르는 척해야겠다."

정선은 고개를 저었고 정월은 고개를 끄덕였다.

"누구야? 누가 너랑 비무를 했는데?"

"어? 청이……."

"내가 복수할 테니 걱정 마라."

딱!

"악!"

정화의 말에 정선이 그녀의 머리에 꿀밤을 때렸다.

"함부로 복수라는 말을 입에 담지 말거라. 사소한 다툼은 늘 있는 일이니 너 역시 참견하지 말거라. 괜히 분란만 일으키지 말고 조용히 있거라."

"예."

입술을 내밀며 불만 어린 얼굴로 대답하는 정화였다.

"우린 그만 내려가자."

"예."

정선의 말에 정월과 정화가 대답 후 그녀를 따라 내려갔다. 정화는 계속 뒤돌아 손을 흔들었고 정혜 역시 그녀들이 멀어질 때까지 손을 흔들어주었다. 곧 그녀들이 안 보이자 정혜는 짐을 들고 송운암으로 향했다.

송운암의 계단을 다 오른 정혜는 암자의 문을 연 채 밖의 풍경을 쳐다보는 마지령을 발견하고 허리를 숙였다.

"저, 왔습니다."

마지령은 슬쩍 시선을 던졌다. 그때 정혜가 오른팔을 살짝 아파하며 짐을 내려놓자 마지령의 신형이 흔들렸다.

탁!

마지령이 팔을 잡고 들자 정혜가 놀라 눈을 부릅떴다.

"앗! 아파요!"

정혜의 목소리에 마지령은 소매를 걷어 올리고 목검에 다친 팔을 살폈다. 금창약의 냄새와 퉁퉁 부은 푸른색의 팔뚝이 그녀의 시선을 사로잡았다.

정혜는 마지령의 무감정한 눈빛에 절로 어깨를 떨어야 했다.

"죄… 죄송해요."

사과하는 그녀의 말에 마지령은 눈을 반짝였다.

"제… 제자가 미흡해… 다쳤습니다. 죄송합니다."

정혜는 다시 사과했고 마지령은 팔을 놓았다. 정혜는 재빨리 뒤로 물러나 허리를 숙였다.

"왜 다쳤니?"

"비무를 했어요."

"그랬구나."

마지령은 짧게 대답 후 다시 암자의 안으로 들어갔다.

"짐은 방에 두고 쉬거라."

"예."

정혜는 여전히 어려운 마지령의 말에 대답한 후 방으로 들어갔다. 그녀의 모습이 사라지자 마지령은 짧은 숨을 내쉬며 한쪽 벽에 놓여 있는 우산을 바라보았다.

"제자라……."

마지령은 가만히 중얼거렸다. 문득 속세의 일들이 머리를 스쳤다.

"속세와의 정을 끊어야 하는 걸까?"

마지령은 정혜의 안쓰러운 표정을 떠올렸고 연지의 마지막 모습도 생각했다. 그리고 연정의 얼굴이 머리를 스쳤다.

"정을 알겠느냐?"

"아직은 모르겠어요."

연정은 그저 담담히 미소를 보이며 고개를 끄덕였고 마지령은 조용히 그녀의 앞에 앉아 차를 마셨다. 그렇게 오랜 이별 뒤에 다시 만난 어머니 같은 연정과의 시간을 보냈다.

다음 날 아침 눈을 뜬 정혜는 저도 모르게 소리쳤다.

"꺄악! 악! 워우! 워어어어!"

방에서 들리는 소리에 마지령은 일어나 방문을 열었다. 그러자 눈에 띄게 통통 부운 팔뚝을 들어 보이며 울먹이는 정혜의 모습이 보였다.

정혜는 마지령을 보자 눈을 동그랗게 뜨며 팔을 들어 보였다.

"팔이… 팔이 호빵 같아요!"

"풋! 호호호!"

마지령은 저도 모르게 크게 웃었다.

마당은 불과 삼 장 정도의 공터였고 앞은 불당이 차지하고 있었다. 좌측에 집이 있었고 뒤로는 담과 그 넘어 오 장 정도의 경사 높은 산등선이 차지하고 있었다. 우측은 당연히 이곳 송운암으로 들어오는 계단이었다.

마당의 중앙에 서 있는 정혜의 왼손에 빗자루가 들려 있었다. 그녀는 콧노래를 흥얼거리며 작은 마당을 쓸고 있었다.

"정혜야."

"예?"

비질을 하던 정혜를 부르는 마지령이었다. 마지령은 불당 안에 앉아 정혜에게 물었다.

"왼손잡이더냐?"

"예? 네!"

정혜는 고개를 끄덕였다.

"사실 오른손도 잘 써요. 왼손잡이인데 왼손으로 붓을 잡으면 안 된다고 해서 오른손을 써왔어요."

그녀의 대답에 마지령의 머리로 아미파의 검법 하나가 스쳤다.

"벽파칠십이검(劈破七十二劍)."

"네?"

"아무것도 아니다."

마지령은 고개를 저으며 다시 안으로 들어갔다. 그녀는 정혜가 쌍수검을 들고 있는 모습을 떠올렸다. 문득 입가에 미소가 걸렸다.

십 일이 지나자 정혜의 팔도 본래의 모습을 찾았다. 정혜가 오른손으로도 마당을 잘 쓰는 것을 확인한 마지령은 그녀와 함께 복호사로 향했다.

복호사의 정문을 바라보는 정혜는 살짝 어깨를 떨었다. 이곳에 올 때마다 좋았던 기억이 많이 없었기 때문이다.

"이리 오너라."

마지령의 말에 그녀의 곁으로 다가간 정혜는 마지령이 손을 잡자 조금 놀란 듯 눈을 떴다. 손은 차가웠지만 떨리던 마음이 진정되는 것을 느꼈다.

저벅! 저벅!

마지령과 함께 복호사의 문을 넘는 순간 대연무장에서 수련하던 수많은 속가제자의 시선이 모두 그들을 향했다.

스슥! 슥!

제자들은 너 나 할 것 없이 마지령의 모습에 좌우로 물러섰다. 그녀의 도도하면서 무색투명한 눈빛과 큰 키에 늘씬하면서도 범접할 수 없는 기도가 사람들을 그렇게 만든 것이다.

그녀는 고고했고 마치 한 마리 학처럼 마치 당연하다는 듯 사람들의 시선을 받으며 걸었다. 그 옆에서 나란히 걷는 정혜는 지금 모습이 생소한 듯했다.

"사… 사숙님을 뵙습니다."

정림을 비롯한 정자배의 제자들이 일제히 허리를 숙였다. 마지령은 그녀들의 모습에 당연하다는 듯 고개만 끄덕였고 안으로 향했다. 그녀의 손을 꼭 잡은 정혜는 조용히 따라가야 했다.

"아! 제가 안에 기별을 하겠습니다."

정림이 정신을 차리고 재빨리 앞에 서서 말하자 마지령은 손을 저었다.

"됐다."

마지령의 한마디에 정림은 저도 모르게 옆으로 물러서야 했다. 마지령은 조용히 정혜와 함께 내실로 향했다.

내실에 앉아 연이와 함께 차를 마시던 연운은 특이하면서도 가벼운 발소리에 고개를 돌렸다. 그곳에 도도한 눈빛의 마지령이 보였다. 그녀가 천천히 내실로 들어왔다.

"오랜만에 뵈어요."

"어서 오거라."

연운과 연이는 미소를 보이며 자리를 권했고 마지령은 옆에 앉았다.

"여전하구나."

연이가 마지령의 기도를 느낀 듯 말하자 마지령은 무심한 듯 가볍게 입가에 미소를 보였다.

"두 분도 건강하신 것 같아 다행이에요. 요즘 사저들의 건강이 늘 신경 쓰여요."

그녀의 말에 연이와 연운은 다시 한 번 미소를 보였다.

"걱정 말거라. 적어도 내년에 있을 무당대회를 앞에 두고 병석에 눕는 일은 없을 테니 말이다."

"나도 마찬가지."

연이가 연운의 말에 대답했다.

무당대회라는 말에 마지령은 살짝 눈을 반짝였다. 무당대회는 삼파의 대표가 모여 검공을 겨루는 일종의 천하제일 대회였기 때문이다. 그리고 당연하게도 아미파를 대표해서 마지령이 나갈 것이다.

마당에 서 있는 정혜는 문 너머에 서 있는 정자배의 제자들을 쳐다보다 곧 고개를 숙였다. 마당에 자신 홀로 서 있었고 그녀들의 따가운 시선이 절로 어깨를 움츠리게 만들었다. 그녀는 자신이 모시고 있는 마지령이 어떤 사람인지 아직은 잘 모르는 듯했다. 물론 오 년 전 들어온 제자들은 알지만 그 이후에 들어온 제자들은 잘 모르고 있었다.

그 오 년 사이에 아미파의 제자들은 많이 바뀐 상태였다. 속가제자들도 새로 받았고 대대적으로 제자들을 받아들였다. 정자배의 제자들은 대다수 마지령을 모른다고 해도 과언이 아니었다.

"그런데 무슨 일로 네가 이곳까지 내려왔느냐?"

"검보를 좀 보려고요."

"검보?"

"네가 검보를 보다니 별일이구나?"

마지령의 대답에 연이와 연정은 의외라는 듯 쳐다봤다. 마지령의 실력을 이미 잘 알고 있는 그녀들이었다. 그녀의 수준에 검법을 새롭게 배운다는 것은 맞지 않기 때문이다.

"벽파칠십이검."

마지령의 말에 연운과 연이는 조금 놀란 표정을 보였다. 벽파칠십이검을 배운 연이가 말했다.

"그 검법은 왜 배우려고 하느냐?"

"일단 제 일은 해야 할 것 같아서요."

슬쩍 시선을 마당에 서 있는 정혜에게 던졌다. 그 모습에 연운과 연이가 놀란 표정을 보였다.

"정말 가르치려고 하는 것이냐?"

"예."

"네가? 진짜?"

연이는 믿지 못하겠다는 듯 쳐다봤다.

"아니, 왜요? 저는 뭐 제자도 못 가르칠 것 같아요?"

마지령은 연이의 말에 입술을 내밀었다. 그 모습이 귀여운지 연이가 크게 웃었다.

"호호호호! 상상도 못 한 일이라 좀 놀란 것뿐이란다. 언제 이렇게 컸지?"

연이의 말에 마지령은 오랜만에 기분 좋은 미소를 보였고 연운도 그 모습에 재미있다는 듯 소매로 입가를 가리며 웃었다. 연운은 곧 웃음을 멈추고 말했다.

"그 아기였던 네가… 이제는 제자를 가르칠 만큼 컸다니 참으로 대견하구나. 연정 사저께서 이 소식을 들으면 크게 기뻐할 것이다. 그런데 벽파칠십이검을 가르칠 생각이냐?"

"네."

마지령의 대답에 연이가 미소를 보였다.

"천재는 천재를 알아본다고 하지."

연이는 곧 시선을 돌려 고개를 숙인 채 서 있는 정혜를 쳐다봤다. 평범한 아이였고 너무 평범해서 연지가 선택한 아이였다.

"일단 제가 먼저 익혀보고 가르칠까 해요."

마지령의 말에 연운이 말했다.

"벽파칠십이검을 대성하면 확실히… 아미에 또 다른 고수가 등장하게 되겠지."

"저도 익히다 포기했던 검법인데 그렇게 말씀하시면 저는 뭐가 되나요? 사저께서도 참… 호호호!"

연이는 유쾌한 듯 웃었다. 본래부터 유쾌한 성격의 연이였다. 연운은 소매에서 열쇠 꾸러미를 꺼내더니 그중 하나를 마지령의 앞에 내밀었다.

"검보를 가져갈 것이냐?"

"아니에요. 그냥 보고 올게요."

연운은 그녀의 말에 고개를 끄덕였다. 그녀의 기억력과 천재성을 잘 아는 연운이었기에 그 말에 크게 놀라지는 않았다. 연이 역시 마찬가지였다. 다른 책은 몰라도 무공서는 한번 보면 대충 모두 암기하는 그녀의 모습을 기억하고 있었다.

"그럼."

마지령이 열쇠를 받아 쥐고 일어나자 연운과 연이가 고개를 끄덕였다. 마지령은 밖으로 나가며 정혜의 손을 잡았다. 그 뒷모습에 문득 연운은 심혜의 모습을 떠올렸다.

"연심에게서 스승님의 모습이 보이는구나."

"그러게요."

연이도 같은 모습을 본 듯 미소를 보였다.

*   *   *

끼익! 끼익!

흔들거리는 의자에 앉아 있는 사람은 창백한 안색의 청년이었다. 오랜 시간 방 안에 누워만 있던 그였기에 햇살이 좋은 이런 날 의자에 앉아 있는 것만으로도 마음이 평온해졌다. 거기다 햇살도 좋아 푸른 하늘이 매우 또렷하게 보였다.

처마 밑에 자리한 그림자 사이로 시원한 바람이 불어오고 있었다. 진파랑은 흔들리는 의자에 몸을 맡긴 채 흘러가는 구름을 쳐다보았다. 구름은 정지한 듯 보였지만 조금씩 변했고 어디론가 떠내려가는 것처럼 보였다.

한참 동안 구름을 바라보던 진파랑의 귀로 발걸음 소리가 들려왔다. 다른 사람들보다 좀 더 무겁게 땅을 밟는 발소리는 예소의 것이었다. 그녀의 무공은 그리 높지 않아 땅을 밟을 때 발에 힘을 주고 있었다.

"저예요."

그녀는 밝은 미소를 보이며 다가왔다. 예소의 손에는 바구니가 들려 있었는데 안에는 음식과 술병이 있었다.

진파랑은 고개를 끄덕였고 방 안에서 임정이 모습을 보였다.

"가져왔어?"

"예."

예소는 미소를 보이며 바구니를 내밀었다. 임정은 술 냄새에 미소를 보이며 바구니를 받아 쥐곤 재빨리 안으로 들어갔다.

며칠 동안 이곳에서 외출도 못 했던 그녀였기에 술이라도 마셔야 답답함이 풀렸다. 임정은 방 안에 앉아 술과 삶은 닭고기의 냄새를 맡으며 행복한 미소를 지었다. 이제 조용히 책을 읽으며 술을 마시고, 출출한 배를 닭고기로 채우면 그만이었다.

"이제는 읽기만 하면 되겠구나."

'색마왕'의 책장을 펼치며 자신만의 행복한 시간을 보내는 그녀였다.

흔들의자에 앉아 있던 진파랑은 흥얼거리는 콧노래 소리에 시선을 돌렸다. 예소가 옆에서 그 소리를 들었는지 웃으며 말했다.

"큰언니가 기분이 좋은가 봐요."

"그래 보이는군."

진파랑은 고개를 끄덕이다 물었다.

"언제쯤 일어날 수 있을까?"

"급하게 생각하지 마세요. 마음과 달리 몸은 천천히 회복되니까요."

"그런가?"

"예."

예소는 대답한 후 의자를 가져와 진파랑 옆에 앉았다.

"지금 이렇게 앉았잖아요? 그럼 그다음엔 일어날 거고 그렇게 되면 걸을 거고 또 그다음은 뛰겠지요. 그럼 도를 손에

죌 수 있을 거예요."

"고맙다."

진파랑의 말에 예소는 살짝 얼굴을 붉혔지만 얼른 다시 말했다.

"어차피 다 받을 빚이에요."

"그렇지만 또다시 이렇게 살아 숨을 쉴 수 있을 거란 생각을 못 했었어."

진파랑의 말에 예소는 그의 표정을 살피다 물었다.

"좋으세요?"

"물론이오."

진파랑은 당연하다는 듯 대답한 뒤 다시 말했다.

"아무리 그래도 죽는 것은 덧없는 것이니까… 살아 있는 게 다행인 일이지. 후회를 한다 해도 살아 있기 때문에 할 수 있는 게 아닐까?"

"맞아요. 그러니까 최대한 빨리 회복해서 다시 강호에 나가세요."

"놀고들 자빠졌네."

"앗!"

갑작스럽게 흘러나온 목소리에 놀란 예소가 고개를 돌리자 창가에 턱을 기대고 서 있는 임정의 얼굴이 보였다. 그녀는 어이없다는 듯 두 사람을 쳐다보며 다시 말했다.

"어쭈? 얼굴 빨개진 것 봐라? 어디서 음란한 눈빛을 던지고 있어?"

"전… 볼일이 있어서 잠시 가볼게요."

임정의 시선이 부담스러웠는지 예소가 급히 일어나 다람쥐처럼 빠르게 밖으로 사라졌다. 그 모습에 진파랑은 웃을 수밖에 없었다.

임정은 그런 진파랑을 향해 조금 진지한 표정으로 말했다.

"어린애를 그렇게 놀리면 못써. 예소는 순수한 아이야."

"알아… 그리고 착하지."

"진지하게 대하지 말고 여동생처럼 생각해 줘라. 여자로 대하는 것 같아 걱정이다."

"알았어."

진파랑의 대답에 임정은 짧은 숨을 내쉬곤 다시 안으로 들어가 책을 펼쳤다.

"임 소저."

"왜!"

임정이 귀찮다는 듯 대답하며 다시 고개를 내밀자 진파랑은 힘들다는 표정으로 말했다.

"나 좀 일으켜 주겠나?"

"망할."

임정을 투덜거리며 진파랑에게 다가가 그의 어깨를 잡고 부축했다.

"죽엽청이군."

임정의 입가에서 흘러나오는 죽엽청의 달콤한 향기에 진파랑은 그리운 표정을 보였다.

"환자는 참으시게나."

임정은 피식거리며 진파랑을 침상에 앉혔다.

"한 모금만 마시면 안 될까?"

진파랑의 말에 임정은 살짝 아미를 찌푸렸다. 거절하면 그만이지만 쉽게 그리 못 하게 하는 유혹적인 말이었다.

술은 본래 혼자 마시는 것보다 둘이 마시는 게 더 좋다는 것을 임정은 잘 알고 있었다. 하지만 예소가 이 사실을 알면 난리를 칠 게 빤한데 그럴 수는 없었다.

"그건 좀 곤란해."

"그러지 말고, 한 잔만 딱."

"환자가 무슨."

임정은 화를 내듯 돌아섰다.

술잔을 든 임정은 맞은편 침상에 반쯤 누운 채 앉아 있는 진파랑의 잔에 술을 채웠다.

"마지령은 안 보고 싶어?"

임정의 말에 진파랑은 술을 마시며 입맛을 다셨다.

"보고 싶지. 보고 싶은데 이 몸으로 아미파에 어떻게 가겠나?"

"하긴 그렇지. 쯧!"

임정은 혀를 차며 술을 마셨다. 곧 그녀가 잔을 내려놓으며 다시 물었다.

"그런데 스승님과의 약속은 지킬 생각이야?"

"그래야지."

진파랑은 당연하다는 듯 대답했다. 조자경과의 약속은 생명을 다해서라도 지켜야 할 약속이었다. 비록 말로 한 약속이지만 그 말도 지켜야 하는 게 사내였고 생명의 은인에게 보답할 길이었다.

"이세인이 누군지 알아?"

"모르지."

"하긴… 나도 모르는 이름이라… 예소가 알아서 조사를 하겠지."

임정은 중얼거린 뒤 술잔에 술을 따랐다. 진파랑이 술잔을 내밀자 거기에도 따랐다. 죽엽청의 진한 향기가 방 안을 맴돌았고 임정과 진파랑의 얼굴에 홍조가 끼었다.

"그거 아냐? 지금 밖은 난리야 난리. 천문성에서 네놈을 찾겠다고 강호를 이 잡듯이 뒤지는 중이지. 물론 아무리 찾아봐도 네놈이 여기 있단 사실을 알게 되지는 못할 거야."

그녀의 말에 진파랑은 술을 마시며 눈을 반짝였다.

"천문성을 적으로 돌렸으니 살아서 나간다 해도… 조만간 죽겠지. 그런데 스승님은 왜 네놈에게 혼약에 대한 말씀을 하셨는지 원… 쯧! 쯧! 어차피 죽을 놈인데 말이야."

"쉽게 죽을 생각은 없다."

진파랑의 말에 임정은 피식거리며 알겠다는 듯 말했다.

"거만하긴, 풋! 아무튼 몸이 다 낫거든 얼른 가버리라고. 네놈이 옆에 있으니까 너무 신경 쓰여 미치겠다. 소피도 제대도 못 보겠어."

"신경 쓰여?"

"당연하지."

"내 알몸을 떡 주무르듯 주물렀다면서? 그런데도 신경 쓰여?"

"헙!"

임정은 저도 모르게 입을 다물더니 빨개진 얼굴로 술병을 들고 밖으로 나갔다.

"잘 자라고"

"하하하하!"

그 모습이 귀여운지 진파랑은 오랜만에 크게 웃었다.

第五章
다시 길을 걷다

진가도

여름이 지나고 겨울이 다시 돌아왔지만 광서성은 여전히
더웠고 추위는 어디에도 없어 보였다. 울창한 수림 속에 십여
장 정도의 넓은 공터가 있었다.

　공터의 중앙에는 회의를 입고 손에 도를 든 젊은 청년이 홀
로 서 있었다. 그는 도를 쥐자 기분이 좋은지 입가에 잔잔한
미소를 머금고 있었다. 곧 청년은 도를 좌우로 움직이더니 천
천히 온몸을 움직여 넓은 공터를 마치 제집 앞마당처럼 오가
기 시작했다.

　휙! 휙!

　도를 휘두를 때마다 바람 소리가 들렸고 날카로운 회색 기

운이 일어나고 있었다. 청년은 일다경 정도 그렇게 몸을 움직이다 숨을 고르며 멈춰 섰다.

땀이 흘렀고 소매로 얼굴에 흘러내리는 땀방울을 훔치던 그는 나무 그늘이 있는 수풀 사이로 움직였다.

"휴……."

청년은 깊은 숨을 내쉬며 시원한 바람에 잠시 몸을 맡기고 눈을 감았다. 머릿속이 맑아지는 것 같았고 온몸의 근육이 아직도 안정되지 못한 듯 떨고 있었다.

일다경 정도 그렇게 쉬던 청년은 다시 일어나 도를 잡고 춤을 추듯 공터를 돌아다녔다. 그리고 다시 땀이 흐르고 몸이 힘들자 자리에 주저앉아 숨을 골랐다.

"늙었나?"

문득 그런 생각이 들었다. 나이도 이제 스물여덟이었고 강호에 나온 지 십 년이 되었다. 들려오는 발소리에 고개를 돌리자 수풀 사이로 예소가 얼굴을 내밀었다.

그녀는 오솔길의 끝에 서서 진파랑을 향해 미소를 던졌다.

"오라버니."

"예 동생."

"동생이란 말 좀 안 하면 안 돼요? 전 오라버니라고 그렇게 친근한 표현을 하는데 동생이라니. '소아야'라고 해줘요."

"버릇이라."

예소가 다가오며 핀잔을 주듯 말하자 진파랑은 난감한 듯 고개를 저었다. 곧 예소가 손에 든 바구니에서 포자를 꺼냈다.

"방금 막 만든 거예요."

"고마워."

진파랑은 포자를 하나 꺼내 입에 물었다. 그 모습에 예소가 물주머니를 들었다.

"물은 여기요."

마침 배가 꺼진 뒤라 진파랑은 단숨에 포자 하나를 다 먹은 후 물을 마셨다. 그의 얼굴에 만족스러운 표정이 나왔고 그 모습을 본 예소는 더없이 따뜻한 미소를 보였다.

"몸은 어때요?"

"많이 좋아졌어."

진파랑은 예소의 물음에 다시 일어나 도를 이리저리 휘둘러 보았다. 손목만을 이용해 움직이는 그 모습에 예소는 눈을 반짝였다. 전과 달리 조금 둔한 듯했지만 그래도 십여 개의 잔상이 나타나고 있었다.

휘리릭!

순간 빛과 함께 날카로운 은빛이 날아들었다. 진파랑은 너무 놀라 재빨리 신형을 돌리며 돌을 들어 막았다.

땅!

금속음이 울렸고 하늘로 솟구친 은빛은 수풀 사이로 떨어졌다. 그 사이로 붉은 인영이 모습을 보였다. 호면의 마애였다.

스륵!

마애는 미세한 소리와 함께 순식간에 오 장여나 다가왔고 그녀의 손에는 두 개의 반월도가 들려 있었다.

"마 언니! 무슨 짓이에요?"

예소가 놀라 소리치자 마애가 나지막이 속삭이듯 말했다.

"도를 들었으면 우리의 관계도 정리를 해야지."

마애의 말에 진파랑은 재미있다는 듯 도를 고쳐 잡았다.

"오라버니는 환자예요."

마애의 앞을 예소가 막았다. 하지만 마애는 마음을 단단히 먹은 듯 보였다.

"오라버니? 무슨 개똥 처먹는 소리야? 저 새끼한테 오라버니라고?"

"그만두세요."

예소가 다시 말하자 마애의 눈빛이 차갑게 반짝이기 시작했다.

"예 동생은 물러나 있어."

"그 몸으로 마 언니와 싸울 수는 없어요."

"이때가 아니면 마애가 나를 죽일 기회는 없어."

"잘 아네."

마애가 고개를 끄덕였고 예소는 다시 한 번 막으려 했다. 그런 예소의 어깨를 진파랑이 잡았다. 진파랑은 자신을 쳐다보는 예소의 시선에 미소를 던지며 고개를 저었다. 예소는 할 수 없다는 듯 물러섰다. 그러면서도 마애를 쏘아보는 그녀였다.

"오라버니 몸에 이상이라도 생기면 마 언니하고 전 절교예요. 원수가 되는 거예요."

"물러나 있어."

마애는 예소의 말을 못 들은 척 말한 뒤 한 발 나섰다. 반월도 두 개를 든 그녀의 모습이 생소하고 조금은 서툴러 보이자 진파랑이 물었다.

"처음 보는 무기군?"

"네놈에게 깨진 이후로 연마하는 중이다. 왜? 예쁘냐?"

"어설퍼서……."

"무시하지 마라."

마애의 말에 진파랑은 고개를 끄덕였다. 마애가 다시 말했다.

"내가 아직 익숙하지 않으니까 알아서 조심하도록 해. 재수 없게 뒤지면 예소가 날 싫어할 테니 그런 일은 없어야지?"

"가면만 예쁘군."

마애의 말을 무시하는 진파랑이었다. 그 말에 마애가 호흡을 멈췄고 순간적으로 빠르게 진파랑을 향해 다가갔다.

쉬쉭!

쌍도가 좌우에서 목을 잘라왔다. 큰 내력을 담지 않았지만 위력은 상당해 보였고 움직임도 기민하였다. 짧은 기간 연마

했다고 하지만 기본적인 실력과 내력이 받쳐 주는 그녀였기에 어느 정도의 경지에는 도달한 듯했다.

따당!

진파랑은 손목만을 이용해 뒤로 물러서며 쌍도를 흘리듯 받아냈다. 도면으로 쌍도를 흘려 버리자 마애가 놀란 듯 뒤로 물러섰다. 진파랑의 경지가 심상치 않다는 것은 알았지만 쉽게 받아낼 거란 생각은 못 했었다.

"몸도 성하지 못한 병신새끼가… 좀 잘하네."

마애는 투덜거리듯 중얼거리다 다시 한 발 나섰다.

쉭!

좌수의 반월도가 목을 잘라갔고 진파랑은 우측으로 재빨리 도의 범위를 벗어났다. 그때 기다렸다는 듯 원을 그리며 우수의 반월도가 허리를 잘라왔다. 하지만 빈 허공을 가른 마애는 어느새 우측으로 좀 더 멀어진 진파랑을 발견하자 재빨리 다가갔다.

"도망치냐?"

팟!

땅을 차며 가볍게 앞으로 성큼 나온 마애는 쌍도로 진파랑의 머리부터 발끝까지 잘라 버리듯 찍어왔다. 진파랑은 다시 한 번 물러섰다.

횡!

바람 소리와 함께 머리카락이 몇 올 잘려 나갔지만 진파랑의 눈빛은 흔들림이 없었다. 마애는 몸을 돌리며 얼굴과 가슴을 동시에 베어왔다. 쌍도로 베기 때문에 그 범위는 넓을 수밖에 없었다. 진파랑은 마애가 빠르게 베어오자 막을 수밖에 없다고 판단하고 몸을 좌측으로 기울이며 도면을 펼쳤다.

땅!

금속음과 함께 도면으로 두 개의 쌍도를 막았고 마애의 호면이 진파랑을 향해 다가왔다.

"힘들면 항복해라."

"항복."

"흥!"

마애는 콧방귀를 날리며 뒤로 물러섰다. 애초에 처음부터 살기가 없었다는 것을 알기 때문에 진파랑은 마애에게 적대적으로 대하지 않았다.

"내일 또 오마."

마애는 투덜거리듯 중얼거리며 재빨리 멀어졌다. 그녀가 경신술로 사라지자 진파랑은 깊은 숨을 내쉬며 자리에 주저앉았다. 그의 등에는 식은땀이 흘렀고 전신이 축축이 젖어 있자 예소가 다가왔다.

"괜찮아요?"

"걱정할 정도는 아니야."

"진짜 성격 못됐다니까."

마애를 향해 욕을 하는 예소였다. 진파랑은 그 말에 손을 저었다.

"나름대로 나를 생각해서 저런 거니까 욕하지 마라."

"생각이요?"

"이렇게 비무를 하면 혼자 연습하는 것보다 몸이 더욱 빨리 낫겠지? 거기다 도법에 빨리 익숙해지라고 저렇게 나서주는 거니까 욕하지 말고 잘해줘."

진파랑은 무인으로 빨리 돌아오라는 마애의 행동이라 생각했다.

"그렇게 깊은 뜻이 있을 줄이야… 하지만 마 언니가 알고서 저럴까요?"

"아마 잘 알 거다."

진파랑은 마애도 뛰어난 무인이란 것을 알기에 고개를 끄덕였다.

공터의 중앙에 좌정한 채 눈을 감고 있는 진파랑의 머리 위로 따뜻한 햇살이 드리우고 있었다. 이른 새벽부터 나와 운기를 하는 그의 전신에 뜨거운 기운이 맴돌고 있었다.

"첫 번째 연심은 아직 순수하지 못한 마음을 수련하는 것이다."

꿈속에서 들리는 것처럼 마지령의 목소리가 귓가에 울리는 것 같았다. 왜 그렇게 이 목소리가 들리는 것일까? 환청 같

은 소리였고 그 소리에 이끌려 구층연심공의 일 단계를 올라
갔다.

일 단계에 오르자 순식간에 칠 단계까지 올라갈 수 있었다.
전신의 내력이 빠르게 온몸의 기경팔맥을 돌아다니기 시작했
다. 하지만 칠 단계에서 팔 단계로 넘어가는 일은 쉽지 않았
다.

─여덟째 층의 연심법은 제어된 마음을 단련하여 신(神)과
통하는 길이다.

신이란 어디에 있는 것이고 어디에서 통하는 것일까? 아무
리 몸을 뒤지고 사방을 둘러보아도 신이란 존재하지 않았다.

빠르게 대주천까지 모두 마치고 눈을 뜬 진파랑은 불과 반
나절 만에 대주천을 끝냈다는 것에 스스로 많이 놀라고 있었
다. 보통 하루 종일 운기해도 안 끝나는 것이 대주천이었다.

온몸으로 구층연심공의 내력이 용이 꿈틀거리듯 움직이고
있었다. 그의 기도는 마치 팽팽하게 당겨진 활과도 같았고 먹
이를 노리고 멈춰 선 뱀처럼 보이기도 했다. 정적이지만 언제
라도 앞으로 나갈 수 있는 팽창력을 가진 기운이었다.

"스승님께서 아시면 실망할지도 모르겠군."

진파랑은 가만히 중얼거리며 도를 잡고 일어섰다.

그리고 앞으로 한 발 나서며 가볍게 도를 내민 채 빠르게

천지사방을 베었다.

파파팟!

도를 휘두르자 바람이 불었고 바닥의 수풀들이 잘려 일어
나 진파랑의 눈앞에서 춤을 추듯 흔들렸다. 진파랑의 도가 더
욱 빨리 움직이는 것 같더니 어느새 그 자리에 멈춰 선 듯 앞
을 겨눈 채 정지했다.

"혈소풍."

쉬아악!

강한 바람과 함께 허공중에 떠올랐던 풀잎들이 채가 썰리
듯 썰리면서 날아갔다.

진파랑은 조각난 풀잎들이 허공에 휘날리다 천천히 땅바
닥에 떨어지는 모습을 눈에 담은 채 조용히 도를 도집에 넣었
다.

"봄인가……."

진파랑은 시간이 빨리 흘러간다고 생각했다.

작은 실내에 두 사람이 마주 앉아 있었다. 한 사람은 훈훈
한 미소를 입가에 머금고 있는 조자경이었고 앞에 있는 사람
은 진파랑이었다.

봄이 왔지만 이곳은 여전히 더웠다. 조자경은 섭선을 펼쳐
부채질을 하며 미지근한 차를 마셨다.

조자경은 아침부터 진파랑이 찾아오자 직감적으로 그가

떠날 것이라고 생각했다. 그렇지 않다면 그가 이렇게 먼저 찾아올 이유는 없었기 때문이다.

"떠날 생각인가?"

"예."

진파랑은 짧게 대답했다. 조자경은 말없이 차를 마시다 제자들의 얼굴을 떠올리며 중얼거렸다.

"애들이 아쉬워하겠어."

"조용히 가려고 합니다."

조자경의 말을 들은 진파랑은 이곳에서 자신을 보살펴 준 임정과 마애, 예소를 떠올리며 대답했다. 그녀들의 간호가 없었다면 이렇게 빨리 몸이 쾌차하지는 못했을 것이다.

늘 감사하게 생각해야 했고 고마운 마음을 가져야 했다. 그건 평생 동안 간직해야 할 그의 책임이었다.

"그것도 나쁘지 않지."

조자경은 진파랑이 홀로 떠나는 것에 반대하지 않았다. 객(客)은 본래 조용히 왔다가 조용히 사라지는 법이었다.

진파랑은 식어버린 차를 마시며 궁금한 표정으로 물었다.

"이세신이 누구입니까?"

"물어볼 거라 생각했네, 떠날 거라면 그자에 대해서 알아야겠지."

"천외성에 가려면 알아야 해서요."

"나와의 약속을 정말 지킬 생각인가?"

"예."

진파랑의 대답에 조자경은 그의 굳은 의지가 보이는 눈빛에 가볍게 미소를 보였다.

"이곳을 떠난다면 굳이 내 약속을 지킬 필요가 없지 않은가? 말로 한 약속인데 굳이 목숨을 걸고 지킬 이유가 있나? 자신의 목숨을 다시 사지로 끌고 가면서까지 나와의 약속을 지키려는 건가? 그냥 모르는 척 살아도 그만 아닌가?"

조자경은 말뿐인 약속을 왜 지키려고 하는지 궁금한 듯했다. 죽다 살아난 목숨이다. 그런 목숨을 다시 버리라고 하는데 그걸 지킬 필요가 있을까? 이곳을 떠나면 그만이었고 다시는 안 보면 되는 일이었다.

실제 수많은 사람들이 자신에게 부담되거나 불리한 일은 피해 가고 있었다. 철저히 남을 무시하고 오직 자신의 이득을 위해서만 움직이는 사람들이 넘쳐 나는 세상이다. 목숨을 구해줬다고 해서 은혜를 갚아야 하는 법도 존재하지 않았다. 그렇기 때문에 굳이 갚을 필요도 없는 일이었다.

"미천한 동물도 은혜를 입으면 갚는다고 하는데 강호의 무인이 자신의 은혜를 저버리면 되겠습니까? 설령 목숨을 잃는다 해도 후회하지는 않을 것입니다."

"자네는 미련한 사람이군? 자네의 사정을 남들이 알면 자네를 아둔하다고 욕할지도 모르네."

"미련해도 그게 제 길입니다."

진파랑의 대답에 조자경은 할 수 없다는 듯 고개를 끄덕였다.

"강호에 수많은 사람이 있지만 협사는 존재하지 않지. 자네는 협사의 모습을 가지고 있어 다행이네."

조자경은 진정으로 진파랑을 칭찬한 뒤 천천히 다시 말했다.

"이세신은 반천신마라 불리지."

"반천신마(反天神魔)."

진파랑은 반천신마라는 별호를 듣자 자신도 모르게 눈을 반짝이며 조금은 놀란 표정을 보였다.

반천신마는 운지학과 목숨을 걸고 싸웠지만 반나절 만에 패하면서 이인자가 된 인물이었다. 그 패배로 운지학을 따르고 있었지만 대외적인 활동이 거의 없는 인물로 알려져 있었다.

"처외성의 이인자지."

조자경의 말에 진파랑은 굳은 표정으로 차를 따라 마셨다.

"그를 죽이라고 한 이유는 무엇입니까?"

"청부살인을 청하는데 이유도 궁금한가?"

조자경은 이유를 말하기 싫은 듯 진파랑에게 되물었다. 진파랑은 굳이 이유를 말 안 하겠다면 듣지 않겠다는 듯 침묵했고 조자경은 그런 진파랑을 지그시 쳐다보다 입을 열었다.

"이세신은 사실 내 사형이네."

상당히 놀라운 말이 튀어나오자 진파랑의 눈이 커졌다. 하지만 금세 본래의 표정으로 돌아와 굳은 얼굴로 찻잔을 들었다.

'사형이라…….'

진파랑은 사형을 죽여달라고 청탁하는 조자경의 연유가 궁금했지만 묻지는 않았다. 어차피 알려줄 거라면 말할 게 분명했기 때문이다.

"사형은 스승님을 죽인 폐륜아지."

조자경의 말에 진파랑은 더욱더 굳은 표정을 보였다. 자신의 스승을 죽였다는 말은 부모를 살해했다는 것과 같은 것이었고 인륜을 저버리는 짓이었다. 이세신은 절대 사람이 해서는 안 되는 일을 한 것이다.

"그런데도 천외성에서 잘 먹고 잘산다고 하니 피가 거꾸로 솟구치는 기분이네."

조자경은 부드러운 표정을 보였지만 살짝 어깨를 떨었고 눈동자에 분노가 담겨 있었다. 아무리 수양이 깊은 그라지만 이세신의 일을 떠올리면 본인도 모르게 감정이 솟구쳤다.

"어떤 연유로 그런 불행한 일이… 흠……."

진파랑은 조자경의 이야기에 안타까운 듯 한숨을 내쉬었다. 조자경은 쓸쓸한 표정으로 말했다.

"다 무공에 눈이 멀어 일어난 불행한 사건이네, 사형은 본문의 독문 무공인 비역신보(秘易神寶)와 함께 용천단(龍天丹)

을 먹었지."

"비역신보는 무공서일 것이고 용천단은 무엇입니까?"

"전설적인 공청석유에 버금가는 것인데… 단 한 알을 만들기 위해 삼십 년 동안 조제를 하지, 한 알을 먹으면 일 갑자의 내력을 얻고 임독양맥이 타동되는 신묘한 단약이라네."

"대단하군요."

절로 흘러나온 말에 조자경의 목소리가 다시 이어졌다.

"벌써 삼십 년 전의 일이고 그 일을 아는 사람은 본 문에서도 이제 손에 꼽네. 세 사람 정도겠지……. 사형은 용천단을 먹고 하루아침에 고수가 되더니 스승님을 죽이고 비역신보를 가지고 갔네. 비역신보의 무공은 본 문의 문주만이 익히는 무공인데… 나는 초반만 조금 알고 있네."

조자경은 남들이 알면 안 되는 매우 곤란한 비밀을 조용히 말해주었다. 진파랑의 표정은 굳어졌고 조자경은 미소를 보였다.

"비역신공의 존재도 문주만이 아는 사실이기 때문에 제자들도 모르지. 하지만 알아서도 안 될 문제라네."

"예, 명심하지요."

진파랑은 비밀은 꼭 지키겠다는 대답을 했다.

"이세신을 죽이지 못한다면 비역신공을 가져다주게나."

"예."

진파랑은 확신할 수 없는 대답을 했고 조자경은 자리에서 일어났다.

"잠시 기다리게나."

안으로 들어간 조자경은 잠시 뒤 금낭을 탁자 위에 올려놓
으며 진파랑에게 말했다.

"노잣돈일세. 천외성까지 가려면 돈이 필요할 테니 요긴하
게 쓰게."

"잘 받겠습니다."

진파랑은 거절하지 않고 금낭을 품에 넣었다.

"이만 가보겠습니다."

"몸조심하게나."

조자경은 짧은 인사말을 전했고 진파랑은 미련 없이 일어
나 밖으로 향했다.

진파랑이 떠나고 한 시진 정도가 지났을 때 예소가 헐레벌
떡 뛰어들어 왔다. 책을 읽던 조자경은 예소가 나타나자 책을
덮었다.

"어디로 갔어요?"

"누가?"

"진 소협이요."

"오늘 아침에 기별하고 떠났다."

조자경의 말에 예소가 어이없다는 듯 눈을 부릅뜨더니 이
내 분노를 참지 못하고 외쳤다.

"왜 안 불렀어요!"

예소가 소리치자 조자경은 흠칫 놀란 듯 어깨를 떨었다. 예소가 이렇게 소리치는 것은 처음 보는 일이었기에 놀란 것이다.

"이게 어디서."

조자경이 짐짓 굳은 표정으로 말하자 예소는 얼른 고개를 숙였다. 하지만 굉장히 삐진 표정으로 입술을 내민 채 신형을 돌렸다. 치맛자락을 잡은 손이 꼼지락거리며 움직이고 있다.

"어떻게 나한테 그럴 수가 있지? 적어도 나한테는 말을 해야지! 그래야 정상 아니야?"

예소는 실망한 듯 투덜거렸다.

"네가 그렇게 실망할까 봐 그러지 못한 것이다. 그러니 너무 크게 미련 갖지 말고 제자리로 돌아가거라."

"어떻게 아무렇지도 않게 제자리로 돌아가요?"

"많이 좋아했구나?"

조자경의 급작스러운 기습에 예소는 순간 대답을 하려다 다시 신형을 돌렸다.

"천외성에서 돌아오면 네가 힘이 되어주거라."

"네?"

예소는 천외성에 가서 돌아올 거라 확신하는 조자경의 말에 눈을 크게 떴다.

"그가 정말 돌아올까요?"

"쉽게 죽을 상이 아니야."

조자경의 말에 예소는 조금 화가 풀린 듯 미소를 보였다.

"그가 천외성에서 살아 돌아온다면 천문성도 쉽게 그를 어쩌지는 못할 것이다."

"거기다 천외성에 있다면 천문성에서도 쉽게 그를 잡을 수도 없겠지요. 진 소협에게 어쩌면 천외성이 현 상태에서 가장 좋은 곳일지도 모르겠네요."

예소는 조자경이 일부러 천외성에 진파랑을 보낸 것이라 생각했다.

"그만 가보거라."

조자경의 말에 예소는 곧 인사를 한 뒤 빠르게 빠져나갔다.

"예소가 저렇게 흔들리다니… 주의를 줘야 하나?"

조자경은 평소와 달리 감정의 기복이 심해진 예소를 바라보며 조금 걱정스러운 눈빛을 던졌다.

*　　　*　　　*

사천성 성도에서 북으로 십 리 정도 걸어가면 도현현이 나온다. 도현현은 천여 가구가 모여 있는 마을이었고 그 중심가에 몇 개의 주루가 늘어서 있었다.

한낮의 태양이 머리 위에 걸릴 때 도현현에 방립을 깊게 눌러쓴 이방인이 모습을 보였다. 짙은 회의에 허리에는 도를 찬 그는 느린 걸음으로 대로를 지나가다 가장 먼저 눈에 들어온 주루로 들어갔다.

주루의 안은 한산했고 몇 명만이 앉아 식사를 하고 있었다.

"술 한 병하고 육포를 좀 싸주고 소채하고 만두를 내오게."

"잠시 기다리십시오."

점소이가 대답한 후 바쁘게 주방으로 향했다.

방립을 내려놓은 진파랑은 음식이 나오자 젓가락을 움직였다. 그의 눈에 보이는 사람들은 모두 평범한 사람들이었고 특별한 기색이 느껴지는 인물은 없었다.

진파랑은 이곳까지 오는 동안 큰 길과 큰 성은 피하면서 감숙으로 가는 중이었다. 혹시라도 자신을 알아보는 사람이 있으면 곤란하기 때문이다. 여전히 천문성은 자신의 목에 막대한 상금을 걸어놓았고 거기다 무공비급까지 걸려 있었다. 그러다 보니 그를 노리는 사람이 많을 수밖에 없었다.

이곳까지 오는 동안 자신과 관련된 이야기를 들어보려 했지만 의외로 듣지 못하였다. 이 년 전의 사건이 아직까지 회자되기에는 시간이 많이 흘렀고 지금의 화제는 무당산에서 펼쳐질 무당 대회였다.

마음 같아서는 그곳에 가고 싶었지만 지금은 천외성으로 가는 일이 우선이었다.

음식을 다 먹자 바쁘게 일어선 진파랑은 계산을 하고 밖으로 나왔다. 술과 육포가 든 짐을 어깨에 메고 나온 그는 천천히 길을 따라 마을을 빠져나가고 있었다.

이방인에 대한 사람들의 시선이 있기는 했지만 방립을 깊이 눌러썼기에 그를 알아보는 사람은 없었다. 무엇보다 무기를 차고 있다는 것에서 사람들은 거리를 두며 관심을 주지 않으려 했다. 일부러 무림인과 엮일 필요는 없기 때문이다.

마을을 벗어나 인적 없는 길에 들어서자 진파랑은 잠시 걸음을 멈추었다. 사천성에 들어서는 순간부터 느껴지는 시선을 찾고자 했다. 하지만 그 실체를 잡지 못하고 있었다.

"기분 탓일까?"

진파랑은 가만히 중얼거리며 다시 걸음을 옮겼다.

해가 질 무렵 탁산의 초입에 들어선 진파랑의 눈에 커다란 객잔이 보였다. 객잔의 주변에는 말들과 상인들의 수레가 보였고 시끄러운 소음 소리가 밖으로 흘러나오고 있었다.

서풍객잔(西風客棧)

지붕위에서 휘날리는 깃발에 쓰인 글씨였다. 크게 이상한 점은 없는 곳이었다. 보통 큰 산을 넘기 전에 객잔이나 주점이 있게 마련이었다.

야간에 산을 넘으면 위험했기 때문에 이렇게 객잔에서 잠을 자고 아침에 출발하는 사람들이 많았다. 무엇보다 소수인 사람들은 이곳에서 술로 친분을 채우고 단체로 넘어가곤

했다.

촤륵!

주렴을 헤치고 안으로 들어온 진파랑을 어디선가 번개처럼 나타난 점소이가 반갑게 맞이했다.

"방을 드릴까요?"

점소이는 여행객이란 생각에 바로 물었고 진파랑은 고개를 끄덕였다. 점소이는 헤픈 웃음을 흘리며 진파랑을 이층의 빈 방으로 안내했다.

"식사는 어떻게 하실 겁니까?"

"소면으로 하지. 방으로 가져오게."

"예."

점소이가 대답 후 문을 닫자 짐을 푼 진파랑은 푹신한 침상에 몸을 눕히곤 빈 천장을 바라보았다.

"기이하군."

문득 객잔 안으로 들어왔을 때 사람들이 자신을 쳐다보지 않고 서로 각자 할 일을 하듯 대화하며 술을 마시고 음식을 먹던 모습을 떠올렸다.

대다수가 상인들이었고 어디에도 무인의 흔적을 찾을 수가 없었다.

"위사가 없는 상인들이라……."

진파랑은 봇짐장수라도 위사를 고용한다는 것을 잘 알고 있었다. 위사가 있어야 산을 넘을 수가 있었고 산적들에게 대

항할 수가 있었다. 그리고 이런 객잔에 모이게 되면 서로 단합해서 한꺼번에 출발한다. 한꺼번에 출발해야 서로가 고용한 위사들의 수도 많아지기 때문이다.

"들어갑니다."

점소이가 말한 뒤 문을 열고 소면을 들고 들어와 탁자 위에 올려놓았다. 진파랑은 궁금한 표정으로 물었다.

"탁산에는 산적이 없나?"

"예? 아, 네. 탁산에는 산적이 없습니다. 하지만 산짐승들은 좀 있지요, 호랑이가 있다는 소문도 있는데 저는 본 적이 없습니다."

"알았네."

진파랑은 고개를 끄덕이며 젓가락을 움직였다. 점소이는 그 모습을 바라보다 곧 밖으로 나갔다. 그가 나가자 진파랑은 짐에서 육포를 꺼내 씹으며 침상에 앉았다.

"맛이 별로군."

가만히 중얼거리며 육포를 뜯던 진파랑은 굳은 표정으로 일어섰다.

퍽!

침상을 뚫고 튀어 올라온 검날이 반짝였는데 진파랑을 찌르지 못했다는 것을 아는 순간 침상 밑에서 호리호리한 체형의 남자가 번개처럼 튀어나왔다.

팟!

비수가 진파랑의 목을 향했다. 지척의 거리에서 이루어진 급습이었다. 진파랑은 눈을 크게 뜨다 비수가 목에 닿으려는 찰나 슬쩍 옆으로 비켜서며 팔뚝을 움직였다.

빡!

진파랑이 그의 안면을 팔꿈치로 가격하자 급습한 사내가 비틀거렸다. 그 순간 진파랑의 오른손이 그의 목을 쥐었고 마혈을 제압했다.

"컥!"

숨이 조여오는 고통에 그의 얼굴이 붉게 물들었고 눈이 튀어나올 듯 커졌다.

두 번째의 암습도 실패하자 장선은 자결하기 위해 입안의 독단을 깨물려 했다. 하지만 그 찰나의 순간 그의 시도를 눈치챈 진파랑은 목을 더욱 조이는 동시에 아혈을 제압했다. 그리고 장선의 입에 손을 넣으며 독단을 꺼내 바닥에 던졌다.

곧 아혈을 제압한 진파랑은 장선을 소리 없이 조용히 바닥에 눕혔다. 진파랑은 문밖에 사람의 심장 소리가 느껴지자 인상을 굳혔다. 밖으로 나간 점소이가 소리 없이 다가와 문 앞에 서 있는 듯했다.

진파랑은 눈을 부릅뜬 채 누워 있는 장선의 품을 뒤지기 시작했다. 그의 품에서 작은 호리병 하나가 나왔고 그 외에는 아무것도 없었다.

호리병을 손에 쥐자 장선의 눈동자가 흔들리는 게 보였다.

진파랑은 호리병의 뚜껑을 열어 냄새를 맡다 시큼한 냄새에 인상을 찌푸렸다. 호리병 안에 무엇이 들었는지 궁금했지만 지금은 소리를 최대한 낮춰야 했다. 자신의 예상이 맞다면 객잔 안의 모든 사람은 자신을 노리는 자객일 것이다.

진파랑은 장선의 윗옷을 풀었다. 살수 집단들은 신체에 소속을 알리는 표식을 남기는 경우가 있거나 신물을 준비해 둔다. 살수에 성공하면 어디 소속인지 알려 그 명성을 높여야 했기 때문이다. 그래야 더욱 많은 의뢰가 들어오기 때문이다.

윗옷을 풀던 진파랑의 눈에 검은 초승달이 보였다. 장선의 오른 가슴에 작게 그려진 초승달은 흡사 점처럼 보이기도 했지만 그것은 분명 표식이었다.

진파랑의 눈빛이 굳어졌고 옆에 떨어져 있는 비수를 손에 쥐었다.

"야회(夜會)로군."

진파랑의 목소리가 낮게 울리며 비수를 든 그의 손목이 가볍게 움직였다.

휙! 퍽!

바람 소리와 함께 날아간 비수는 문을 뚫고 밖에 서 있던 점소이의 가슴에 박혔다.

"컥!"

문밖에 서 있던 점소이는 눈을 부릅뜬 채 뒷걸음질하다 난간에 기대더니 중심을 잃고 일층으로 떨어졌다.

쿵!

객잔에 육중한 소리가 울렸고 사람들은 침묵했다. 일층의 사람들은 고개를 들어 이층을 쳐다보았고 모두 조용히 자리에서 일어섰다. 깊은 정적 속에 옷깃을 스치는 소리가 울렸다.

진파랑은 눈을 부릅뜬 채 자신을 쳐다보는 장선을 향해 미소를 던졌다.

"자네는 운이 좋아."

진파랑은 스산한 살기를 보이며 말한 뒤 도를 손에 쥐었다. 그때 문을 뚫고 상인의 복장을 한 장한이 검으로 찔러왔다. 진파랑의 도가 번개처럼 허공을 갈랐고 도기가 그 장한의 목을 스쳤다.

퍽!

목이 문밖으로 뛰어나가는 순간 사람들이 병장기 소리를 내며 일제히 진파랑이 있는 방으로 달려들기 시작했다.

콰쾅!

폭음과 함께 서풍객잔의 벽면이 터지더니 십여 명의 장한들이 함께 나가떨어졌다. 그 사이로 진파랑의 모습이 보였고 그의 주변으로 시신들이 널브러져 있었다.

쉬악!

바람처럼 허공을 날아 뛰어내리는 장한은 도를 들고 있었다. 도날은 반짝였지만 진파랑은 뒤로 반 장이나 이동해 도날의 범위에서 벗어났다. 하지만 진파랑은 도를 뒤집어 잡더니 뒤에서 다가오던 장한의 품에 바짝 붙었다.

퍽!

백색도가 장한의 등을 뚫고 나왔지만 금세 사라졌다. 진파랑은 등으로 장한을 밀친 뒤 앞으로 두 걸음 나오며 방금 뛰어내렸던 장한의 목을 가볍게 그었다.

핏!

피가 튀었고 진파랑은 그 옆을 지나쳤다.

"삑!"

진파랑은 갑작스러운 휘파람 소리에 굳은 표정을 보였고 소리의 주인공을 찾기 위해 눈을 돌렸다. 순간 그의 눈에 주방 쪽에 서 있는 인물이 보였다. 서풍객잔의 주방장이었고 그의 손에는 식칼이 들려 있었다.

스슥!

휘파람 소리와 동시에 남은 장한들이 재빠르게 물러섰다.

후퇴를 명한 후사명은 야회의 육 할에 달하는 인원을 동원한 이번 작전이 실패했다는 것을 직감했다. 실패를 했다면 당연히 물러서야 했다.

후사명은 휘파람을 불었고 그 순간 진파랑의 시선과 눈이 마주쳤다.

팟!

백색 섬광이 후사명의 눈앞에 번뜩였다. 그 순간 어느새 옆에 나타난 진파랑의 모습이 스쳤다.

후사명은 목에서 느껴지는 통증에 저절로 어깨를 떨었다. 본능적으로 손을 들어 목을 만지던 후사명은 끈적하고 뜨거운 느낌에 더욱더 눈을 부릅떴다.

"컥!"

신음과 함께 바닥에 쓰러진 후사명은 눈을 감지도 못한 채 숨을 거두었다. 그의 시신을 확인한 진파랑은 시신들이 널브러진 장내를 둘러보다 천천히 다시 이층으로 올라갔다.

끼익!

이층의 문을 열자 두려운 표정으로 누워 있는 장선과 눈이 마주쳤다.

진파랑은 도를 도집에 넣으며 그의 앞에 의자를 가져와 앉았다.

"야회는 살수 조직인데… 정보력이 대단하군."

진파랑은 혼자 중얼거리듯 말하며 장선에게 살기를 보였다. 어차피 상대가 살수 조직이라면 살려줄 필요가 없다고 판단한 상태였다.

"네게는 선택권이 두 가지가 있어, 하나는 고통 없이 죽는 것, 다른 하나는 고통스럽게 죽는 것."

장선의 눈빛이 흔들렸다. 진파랑은 무미건조한 표정과 목소리로 다시 말했다.

"고통스럽게 죽고 싶나, 아니면 고통 없이 죽고 싶나?"

진파랑의 말에 장선은 고통 없이 죽고 싶다는 듯 눈을 깜박거렸다. 장선 역시 이미 자신은 죽은 목숨이란 것을 잘 알고 있었다.

"내 정보를 팔았나?"

장선은 눈을 깜빡이며 눈동자를 움직였다. 그 모습에 진파랑은 살짝 미간을 찌푸렸다. 정보를 팔았다는 것은 곧 천문성에서도 알게 될 거란 소리였다.

진파랑은 미련 없이 장선의 백회혈을 눌렀다. 장선의 눈이 감기는 모습을 확인한 진파랑은 자리에서 일어나 밖으로 나갔다.

시신들이 널브러진 서풍객잔의 모습을 잠시 쳐다본 진파랑은 그게 곧 자신의 모습이 될지도 모른다고 생각했다.

"어차피 한번 죽은 몸… 후회 따위는 하지 말자."

진파랑은 탁산의 모습을 바라보다 천천히 길을 따라 걸었다.

第六章
그들은 뛰고 있다

곽위는 십여 장의 전서와 보고서를 손에 쥐고 급하게 집무실로 들어갔다. 신주주는 황급히 뛰어 들어오는 곽위의 모습에 인상을 찌푸리며 고개를 들었다.

　"무슨 일인데 그렇게 뛰어 들어와?"

　"각주님, 진파랑입니다."

　"뭐!? 어서 가져와!"

　신주주가 독촉하듯 일어나 손을 내밀었고 곽위는 급하게 손에 쥔 보고서와 전서구를 전했다. 신주주는 전서구를 읽으며 말했다.

　"총군께서는?"

"지금 팔대상회의 회주님들과 회동 중입니다."

"곧 갈 테니 가서 기별을 해."

"예."

곽위가 대답 후 급히 밖으로 나갔다. 신주주는 재빨리 보고서와 전서구들을 정리 후 조치를 취해야겠다는 생각에 몇 개의 전서를 쓰기 시작했다.

"하하하하!"

"허허허!"

웃음소리가 퍼지는 커다란 원형 탁자 주변에 구 인이 앉아 있었다. 그들의 가장 상석에는 문대영이 앉아 있었고 나머지 팔 인은 모두 천문성과 돈독한 관계를 가지고 있는 상회의 회주들이었다.

그들과 이야기를 나누던 문대영은 조용히 들어오는 무사의 모습에 살짝 미간을 찌푸렸다. 하지만 귓가에 대고 속삭이는 말에 그의 눈빛이 차갑게 변했다. 문대영은 곧 표정을 풀며 자신을 주시하는 상단의 회주들에게 말했다.

"저는 잠시 급한 용무 때문에 일어나겠습니다. 곧 올 테니 기다리십시오."

"그렇게 하시게."

"알겠소이다."

회주들의 말에 문대영은 자리에서 일어나 밖으로 나갔다.

서재로 들어오는 문대영을 보자 신주주는 급히 말했다.

"진파랑을 발견했어요."

"앉아."

문대영은 침착한 표정으로 탁자 앞에 앉았다. 그의 앞에 신주주가 앉으며 전서와 보고서를 내밀었다.

문대영은 굳은 표정으로 그녀가 내민 전서와 보고서를 읽으며 말했다.

"확실한 정보인가?"

"네."

신주주의 짧은 대답에 문대영의 표정은 더없이 차갑게 변하였다. 허위로 올라온 보고라면 신주주가 저렇게 확신에 찬 표정으로 대답하지 않을 것이기 때문이다.

지금까지 진파랑에 대한 허위 보고가 얼마나 많았던가? 허위일 가능성이 있었다면 신주주는 확률적인 대답을 했을 것이다. 하지만 그녀가 확신을 가지고 대답하자 문대영은 심각한 표정을 보였다.

"야회는 그저 그런 살수 조직이 아니던가? 그들의 제보가 확실할까?"

"진위를 알아내기 위해 사람을 보냈어요. 야회는 진파랑을 잡기 위해 탁산에서 잠복을 했지만 실패했다는 보고도 있어요. 저희 쪽에서 탁산에 나가 확인한바 시신들이 방치된 채 흩어져 있었다고 해요. 그건 야회의 제보가 맞다는 걸 증명하죠."

"흠……."

"제보를 받고 탁산을 조사하던 음영대의 대원들이 인근 마을을 수소문한 결과 도현현을 지나갔다고 해요."

문대영은 신주주의 말에 고개를 끄덕였다. 실제 음영대의 대원들은 진파랑의 용모파기를 들고 다니면서 수소문했고 진파랑을 본 사람들이 있다는 것을 발견하고 보고를 올렸다. 그렇기 때문에 신주주가 확신을 가진 것이다. 무엇보다 탁산을 지나갔다는 점도 중요하게 생각했다.

"탁산을 넘으면 어디지?"

"갈 곳은 많아요. 감숙과 청해도 있고 섬서도 있지요. 그자의 목적지가 어디인지 몰라도 섬서로 올 리는 없어요. 감숙도 가능성은 적다고 생각해요."

"이유는?"

"중원과 가까이 오려고 사천에 모습을 보였을까요? 되도록 본 성과 멀어지려고 할 거예요. 그렇다면 청해로 갈 가능성이 높지요."

문대영은 그녀의 말에 눈을 반짝였다. 천문성을 적으로 돌리고 중원에 올 이유는 없었다. 스스로 죽음의 늪에 들어올 사람은 없기 때문이다.

"그렇다면 갈 곳은 천외성이란 뜻인가?"

"그럴 가능성이 높아요."

"천외성에 들어가면 손을 쓰기 힘들지 않나?"

"네."

문대영의 물음에 신주주는 굳은 표정으로 고개를 끄덕였다.

"차도살인밖에 없겠어."

문대영이 슬쩍 미소를 보이며 말하자 신주주는 눈을 반짝였다. 그의 말은 곧 천외성을 이용하자는 뜻이었다. 신주주가 물었다.

"천외성에 손을 쓸까요?"

"써. 시신을 가져와도 상관없어."

"예."

신주주의 대답에 문대영은 차를 단숨에 마신 뒤 일어섰다.

"이 일은 은밀하게 처리하고… 야회는 어떻게 하면 좋겠나?"

"호림원에 일임하는 게 좋을 듯해요. 깨끗하게 정리하는 게 좋지 않을까요?"

"호림원주에겐 내가 말하지."

문대영은 미소를 보인 뒤 천천히 회의실로 향했다. 그가 나가자 신주주는 목이 마른지 차를 마신 뒤 서재를 나와 현마각으로 향했다. 그녀는 진파랑의 모습을 떠올리다 고개를 저었다.

"천외성에 간다 해서 우리가 손을 못 쓸 거라 생각하면 착
각이지… 설마 도망치려는 것은 아니겠지? 넌 다시 천문성으
로 와야 해."

신주주는 낮은 목소리로 중얼거리며 걸음을 옮겼다.

"이런."

전서를 손에 쥔 사우령은 인상을 찌푸렸다. 사우령은 흘러
가는 강물을 쳐다보며 어금니를 깨물었고 살기까지 보였다.

"무슨 일입니까?"

장도위가 옆에 서서 건포를 씹다 깜짝 놀란 표정으로 물었
다.

"진파랑이 사천에 나타났대. 그런데 이놈이 천외성으로 갈
모양이야."

"저런. 엄청나게 먼 곳에 있네요."

장도위가 혀를 차며 중얼거리자 사우령은 혀를 찼다.

"천외성까지 가야 할 것 같다."

"예? 천외성이요?"

"천외성이요?"

장도위의 목소리가 크자 옆에 서 있던 다섯 명의 수하가 다
가왔다. 그들은 모두 이십 대 초반부터 삼십 대 중반 정도의
건장한 청장년들이었고 모두 날카로운 기도를 내뿜고 있었
다.

"백천당 놈들이 벌써 섬서에 갔다는구나."

"이런."

"재수 없는 새끼들."

백천당이란 말에 금마당의 당원들이 인상을 쓰며 욕했다. 그들에게 백천당은 숙적과도 같았고 사이가 좋지 못했다. 백천당과 금마당은 호림원 최고의 정예라는 말을 듣지만 최고는 백천당이었고 그다음이 금마당이라 불렸다. 그게 백천당을 싫어하는 이유였다.

"어떻게 해서라도 백천당 놈들보다 우리가 먼저 진파랑을 잡아 죽인다."

"예!"

사우령의 말에 모두의 대답이 크게 울렸다.

"천외성으로 간다."

"예!"

다시 한 번 큰 대답 소리가 울리자 사우령은 급히 걸음을 옮겼다. 그 뒤로 여섯 명의 당원들이 따랐다.

"금 십만 냥과 벽성신공(壁星神功)의 몸뚱아리가 천외성으로 간다고?"

주렴 안쪽에 앉아 있던 구자용의 입가에 가느다란 미소가 걸렸다.

"예."

주렴 밖에 서 있던 월성의 대답에 구자용은 다시 말했다.

"금은 관심이 없는데 벽성신공은 구미가 당기는 구나. 아마도 많은 무림인들이 벽성신공을 얻고자 진파랑에게 달려들겠지… 후후후. 소소했던 강호에 피바람이 불겠구나."

구자용의 말에 월성은 입을 닫고 대답하지 않았다. 구자용이 다시 말했다.

"암월화를 불러."

"예."

월성은 대답 후 빠르게 사라진 뒤 반 시진이 지났을까? 난을 치던 구자용의 주렴 밖에 청란이 모습을 보였다.

그녀는 역용술도 안 한 맨얼굴이었다.

"왜 불렀지?"

"왜 불렀는지 그 이유는 월성에게 대충 듣지 않았어?"

"진파랑이 나타났다는 말만 들었어."

구자용은 그 말에 붓을 내려놓고 말했다.

"맞아, 그는 천외성으로 가는 것 같아. 좀 붙어줘야겠어."

"내가?"

"그럼 또 누가 있지? 네가 붙어 있다가 목이 떨어지면 그 목을 훔쳐서 가져오면 좋겠는데?"

"호호호!"

청란은 어이없다는 듯 크게 웃었다.

"내가 그 목을 어떻게 가져오라는 거지?"

"자신 없어?"

구자용의 말에 청란의 표정은 굳어졌다. 그녀의 목소리는 진심이었기 때문이다.

"돈은 관심 없는데 벽성신공은 얻고 싶은 비급이야, 상승의 무공서는 본 문에 큰 힘이 된다는 것을 잘 알잖아?"

구자용의 말은 사실이었다. 청란은 심각하게 굳은 표정으로 중얼거렸다.

"죽을지도 모르겠군."

그녀의 목소리를 들은 구자용은 미소를 보이며 다시 붓을 움직였다.

"진파랑을 죽이는 일은 네가 하는 게 아니라 다른 사람들이 하게 될 거야. 굳이 우리가 나서지 않아도 할 사람들은 많으니까 걱정하지 않아도 좋아."

"누가 그걸 몰라서 그래?"

"자신 없어?"

구자용의 물음에 청란은 고개를 끄덕였다. 그러자 구자용은 다시 말했다.

"만약 그자의 목이 떨어지지 않으면 정보를 좀 줘도 상관 없어."

"무슨 뜻이지?"

"천문성을 비롯한 많은 강호의 무인들이 그자를 죽이려 들 거야, 그런데도 그자가 살아 있다면 그건 기적이거나 그만큼 강자라는 뜻이겠지. 그렇다면 오히려 적으로 만드는 것보다 아군으로 만드는 게 좋지 않겠어?"

"힘이 되어줘라?"

"만약 살아남는다면 말이야."

구자용의 말에 청란은 굳은 표정을 풀며 깊은 숨을 내쉬었다.

"과연… 살아남을까?"

"모르지."

구자용의 애매한 대답에 청란은 고개를 저으며 말했다.

"차라리 천문성에서 벽성신공을 훔쳐 오라고 그래. 그건 당장 가서 해볼 테니까."

"복건성에 있던 본 문의 세력은 벌써 칠 할 가까이 사라진 상태야. 천문성은 진파랑의 정보를 은폐한다는 구실로 본 문의 세력을 없애왔어. 그뿐만 아니라 진파랑을 은폐했다는 구실로 삼십여 개의 중소 방파를 없애고 세를 늘렸지…… 문자경이 죽은 뒤 천문성의 세가 더 확장된 것은 너도 잘 알잖아? 진파랑이 나타났다는 소식에 가장 손해를 보는 곳은 우습게도 천문성이다. 만약 네가 천문성에 잠입했다가 문제라도 생기면 본 문은 강남의 절반을 내줘야 해. 농담이라도 하지 마."

구자용의 말에 청란은 동의하는 듯 고개를 끄덕였다.

실제 천문성은 문자경이 죽은 뒤 그의 복수를 빌미로 상당수의 문파들을 없앴다. 문자경을 죽이는 데 도움을 주었다는 명분은 그만큼 힘이 있었고 강호에서도 그 문제로 천문성을 규탄하지는 못했다.

천문성은 문자경의 죽음을 확실하게 이용했고 상당한 실리를 챙겨가고 있었다. 그런 와중에 진짜 진파랑이 나타난 것이다.

청란이 물었다.

"언제 떠날까?"

"오늘."

구자용의 짧은 대답 후 청란의 신형이 소리 없이 사라졌다. 그녀가 사라진 것을 확인한 구자용은 난을 그리던 붓을 내려놓았다.

"천외성의 분타주에게 청란이 간다는 것을 알려."

"예."

아무도 없는 허공중에서 대답이 들렸지만 구자용은 크게 신경 안 쓰는 듯 차를 마셨다.

*　　　*　　　*

그의 하루는 묘시(卯時)에 시작된다. 밤에 올려놓은 화로의 열기가 모두 다 사라져 갈 때쯤 마치 누가 깨우기라도 한 듯 눈을 뜨는 그였다.

아침에 눈을 뜨면 발소리와 함께 언제나 같은 모습의 시비들이 세숫물을 가지고 들어온다.

"하늘이 흐려 비가 올 것 같군."

지탁은 시비들이 창을 열자 흐린 하늘을 쳐다보며 중얼거렸다.

세수를 하고 조식을 먹을 때 창을 통해 빗소리가 들리자 고개를 들었다. 우중충한 하늘과 싸늘한 공기에 왠지 좋지 않은 일이 생길 것 같은 기분이 들었다.

천외성의 대소사를 모두 주관하고 관리하는 지탁은 오늘 해야 할 일들을 머릿속으로 정리하며 회의실로 향했다.

회의실 안에는 자신보다 먼저 와서 기다리는 세 명의 수하가 있었다. 그들 역시 천외성의 대소사를 주관하는 간부들이었고 지탁의 신임을 얻고 있는 인물들이었다. 막 자신의 자리에 앉으려던 지탁은 안으로 들어오는 이십 대 초반의 늘씬한 흑의 미녀를 보자 인상을 찌푸렸다.

"모두 나가봐."

그녀는 수하들에게 말하듯 눈을 흘기며 말했고 지탁을 제외한 세 명은 급히 자리를 벗어났다. 그들이 나가자 그녀는 지탁의 맞은편에 앉았다.

"이 시간에 무슨 일이오?"

"산책 좀 나왔다가 들렀어요."

그녀의 말에 지탁의 이마에 주름이 잡혔다. 이렇게 이른 아침부터 산책을 할 여자가 아니었다.

'정오까지 처자면서 산책? 어젯밤에 뭘 잘못 먹었나?'

지탁은 그녀의 일거수일투족(一擧手一投足)을 감시하고 있었기 때문에 어떻게 생활하고 있는지 잘 알고 있었다.

"어제는 일찍 주무셨나 보오?"

"술 한잔했더니 잠이 잘 오더군요."

"그래서 무슨 일로 온 것이오?"

지탁은 다시 한 번 용건을 물었다.

마월설은 천외성에 잡혀올 당시만 해도 절망감을 맛보고 있었다. 어둠뿐인 감옥에 갇혀 있었으며 언제 죽을지 모르는 운명이라 믿었다. 혀를 깨물고 자결을 할까도 했지만 그게 어디 쉬운 일인가? 모든 게 두려웠다.

하지만 운지학의 양손녀가 된 이후 세상의 모든 것이 달라졌고 눈앞에 있는 지탁도 조심스러워하는 자리에 있게 되었다.

지탁은 눈앞에 앉은 마월설을 거북한 표정으로 처다보았다. 그럴 수밖에 없는 것이 마월설을 운지학에게 데려간 것이 자신이었기 때문이다. 실제 그 의도는 운지학의 노리개였지만 어떻게 된 일인지 운지학은 그녀를 손녀로 삼아버렸다.

손녀와 첩은 절대 다른 위치에 있었다. 운지학이 그녀를 손녀로 두었다는 것은 혈연과도 같은 관계가 되었다는 뜻이었기 때문이다. 어떻게 해서 그녀가 운지학의 손녀가 되었는지 모르지만 그녀에게 확실히 뭔가 뛰어난 부분이 있었기 때문에 그의 눈에 띄었다고 생각했다.

"성에 새로 들어온 놈들 중에 영기위라고 있지 않나요?"

"영기위라……."

지탁은 몇 달 전 성으로 들어온 영기위의 모습을 떠올렸다. 강호에서도 이름 높은 고수였던 그가 천외성으로 온 것은 굉장히 의외의 일이었다. 하지만 젊은 혈기를 누르지 못하고 관과 부딪쳐 상당수의 관원들을 죽였기 때문에 고향인 악양을 떠나왔다.

그가 천외성에 왔을 때 지탁은 반갑게 맞아주었고 그의 무공에 맞는 자리를 내주었다. 현재는 순찰당의 단주로 일하고 있었다.

"순찰당의 단주 중에 분명 영기위가 있소이다. 왜 그러시오?"

"그자를 제 호위로 쓰고 싶어요."

갑작스럽게 아무런 이유도 없이 영기위를 자신의 호위로 쓰고 싶다는 말을 하자 지탁은 당황한 표정을 보였다.

"지금 있는 호위가 마음에 안 드시오?"

"마음에 안 드는 게 아니라 한 명 더 필요해서 그래요."

"그자가 마음에 든 것이오?"

"어제 연무대에서 싸우는 것을 보니 꽤 괜찮더군요. 그래서 그래요. 이왕이면 젊고 능력이 있는 사람이 제 호위가 되어주는 게 좋지 않나요?"

"공도 같은 고수도 호위로 있는데 한 명 더 필요하다 하니 당황스럽소이다."

"공도도 좋지만 그는 나이가 너무 많아요. 젊은 고수로 한 명 붙여주세요."

"참… 흠……."

지탁은 어이없다는 듯 웃음을 흘리다 고개를 끄덕였다.

"알겠소. 내 조치를 취하리다."

그의 말에 마월설은 한쪽 눈을 찡긋거리며 일어섰다.

"고마워요. 지 총관이면 들어줄 거라 믿었어요."

그녀가 미소를 보이며 신형을 돌리자 지탁은 살짝 얼굴을 붉혔다. 생각지도 못한 그녀의 애교 때문이다. 문득 운지학도 저 애교에 넘어간 게 아닌가 하는 생각이 들었다.

"설마……."

지탁은 고개를 저으며 영기위를 불렀다.

영기위는 이른 아침부터 지탁이 부르자 귀찮다는 표정으로 옷을 대충 입고 숙소를 빠져나왔다. 이른 아침부터 바쁘게 움직이는 상가의 사람들이 그의 눈에 들어왔고 바쁘게 질주하는 마차들도 보였다. 짐을 실은 수레들과 표사들도 보였다.

"휴… 어쩌다가 여기까지 왔는지 원……."

영기위는 이곳보다 따뜻한 악양을 떠올렸다. 불과 몇 달 전까지는 그곳에 살았고 좋은 기억들만 가지고 있었다. 하지만 살다 보면 좋은 일만 있는 게 아니라 좋지 않은 일도 있게 마련이다.

악양에 살면서 관과 부딪친 것은 어제오늘 일이 아니었다.

악양성 내에 규모 있는 도박장과 몇 개의 기루도 운영했던 그였다. 그러다 보니 당연히 관과는 끈이 닿아 있었고 하오문과도 안면이 있었다. 큰 주루도 운영했기 때문에 돈은 많이 벌었고 쌓이는 부를 이용해 나름대로 건실하게 땅도 사 모았다.

젊은 나이에 악양의 상권을 장악한 그는 분명 입지전적(立志傳的)인 인물이었지만 그런 그를 싫어하는 사람들 또한 분명 있었다. 그들은 악양의 상권을 쥐고 있던 본래의 토호들이었다.

결국 그들 때문에 쫓겨나게 된 영기위는 천외성으로 오게 되었다. 물론 모두 영기위의 말이었고 본인도 그렇게 생각하고 있었다.

영기위는 지탁이 머물고 있는 총당의 대문을 잠시 바라보다 곧 안으로 들어갔다. 처음 지탁을 만났을 때 영기위는 한바탕 소란을 일으킨 후였다. 오가는 낭인들이 많은 곳이었고 중원에서 범죄자로 낙인찍혀 도망친 도망자들도 더러 있었다. 신분을 숨기고 사는 사람들도 있었고 본래부터 이곳에서 살던 사람들도 있었다.

그들이 모두 섞여 사는 곳이었기에 문제가 생기는 경우도 많았다. 그래서 천외성의 중앙에는 거대한 비무대가 있었고 시시비비를 가리는 장소로도 이용되었다.

그곳에서 영기위는 시비를 걸던 많은 사람들과 비무를 통해 자신의 강함을 증명했고 결국 지탁에게 불려 가게 되었다.

"영기위… 악양 흑룡파의 두목이고……."

"두목이 아니라 문주요, 문주. 흑룡파가 아니라 흑룡문이오."

투덜거리는 영기위를 슬쩍 보던 지탁은 미소를 보였다.

"강호에 흑룡파가 어디 한둘일까? 수십 개는 넘겠지……. 그중에서도 자네의 흑룡파가 유명하더군. 얼마 전에는 모용세가와 남궁세가와도 부딪쳤다지? 그래서 이곳에 쫓겨 온 것인가?"

"쫓겨 온 게 아니라 자발로 온 것이오. 잠시 몸을 피한 것뿐이고 문제없이 조용히 지내다 돌아갈 생각이오."

"그렇군."

지탁의 미소를 영기위는 조금 불안한 눈빛으로 쳐다보았다.

그때 순찰당의 당원으로 일하라는 제의를 받게 되었고 몇 달 동안 그렇게 일을 하고 있었다. 그 이후 처음으로 지탁을 보게 되었다. 이곳에 온 이후 두 번째 만남이다.

영기위가 들어오자 지탁은 서류를 내려놓고 일어나 자리를 권했다. 영기위가 앞에 앉자 지탁은 특유의 여유로운 미소를 보였다.

"왜 불렀소?"

영기위가 궁금한 듯 묻자 지탁은 그가 젊다는 것을 상기한 듯 눈을 반짝였다.

"자네 혹시 아가씨와 만난 적이 있나?"

"아가씨? 누구를 말하는 것이오?"

"마월설이네. 성주님의 손녀지. 미인이네."

지탁의 미인이란 말에 영기위는 생각난 듯 말했다.

"미인이라면 한 명 기억이 나는구려."

영기위는 며칠 전 성내에서 보게 된 이국적이면서 늘씬하고 큰 키의 미인을 떠올렸다. 그 말에 지탁은 재빨리 물었다.

"설마 문제를 일으킨 것은 아니겠지?"

"너무 미인이라 나도 모르게 말 좀 걸려다가 호위하고 좀 시비가 붙어서 싸우긴 했지만 큰 문제는 없었소."

"팔을 부러뜨렸는데 별문제가 없었다니? 말이 되는 소리인가?"

지탁의 말에 영기위는 짐짓 모른 척 고개를 돌렸다.

"팔이 부러질 줄이야……."

"자네가 호위의 팔을 부러뜨렸기 때문에 아가씨의 호위가 부족하게 되었네. 자네가 그 자리를 채우게."

"제가요?"

"여기에 자네 말고 누가 있지?"

지탁의 말에 영기위는 살짝 미간을 찌푸리다 일어섰다.

"그러지요."

"밖에서 안내할 테니 따라가 봐."

"예."

영기위는 대답 후 밖으로 나갔다. 문밖에는 시비가 한 명
기다리고 있었는데 그녀를 따라갔다.

"왜 날 찾는지 아니?"

영기위의 물음에 시비는 그저 고개만 저었다. 영기위의 눈
에 보이는 시비는 상당한 내공을 쌓은 무인으로 보였다. 그래
서 좀 더 살펴보자 그녀의 허리에 작은 비수가 숨어 있는 것
이 눈에 띄었다.

마월설의 거처는 천외성을 병풍처럼 둘러싼 여덟 개의 봉
우리 중 일왕봉(一王峰)으로 가는 중턱에 자리를 잡고 있었
다.

수백 개의 계단을 오르자 커다란 문과 함께 백문원이 나타
났다. 그곳은 마월설의 거처였고 일왕봉에 올라가려면 거쳐
야 할 관문과도 같은 곳이었다. 그리고 그 위로 천외성의 성
주이자 중원사세의 한 명인 운지학이 머물고 있는 곳이 있었

다. 문에는 여섯 명의 무사들이 살벌한 눈빛을 발산하며 서 있었는데 모두 영기위를 달갑지 않게 여기는 듯했다. 그도 그럴 것이 그는 얼마 전 마월설의 호위인 공도의 팔을 부러뜨린 장본이기 때문이다.

공도는 백문원의 무사들과도 친분이 두터웠고 그의 부상은 이곳 무사들에게도 큰 사건이었다. 그리고 친한 사람이 다쳤으니 그 상대에게 원한이 생길 수밖에 없었다.

영기위는 자신을 바라보는 무사들의 표정이 좋지 않다는 것에 미소를 보였다. 이런 분위기에 익숙했기에 크게 흔들림은 없었다.

시비와 함께 안으로 들어간 그는 마월설의 거처로 안내받았다. 곧 내실로 들어선 영기위는 벽에 걸린 사군자의 그림들을 둘러보다 벽면에 걸린 낚시하는 노인의 그림에 시선을 모았다.

"강태공이에요."

시비가 말하자 영기위는 고개를 끄덕였다. 시비는 차를 준비하기 위해 움직였고 그때 붉은 무복을 입은 마월설이 모습을 보였다. 그녀는 긴 생머리를 길게 늘어뜨린 채 머리에는 봉황의 머리 모양을 한 비녀만 장식으로 꽂고 있었다.

영기위는 그녀의 모습에 눈을 반짝였다. 이곳 천외성에서 그녀만큼 아름다운 여자는 없을 거란 생각이 문득 들었다.

"앉아요."

"실례하겠소."

마월설의 말에 영기위는 의자에 앉았고 시바가 차를 따랐다. 그녀는 마월설의 찻잔에도 차를 따른 뒤 그녀의 뒤에 섰다. 그 모습에 영기위가 물었다.

"좋은 호위를 둔 것 같소. 그때는 못 보았는데… 만약 있었다면 내가 쉽게 마 소저에게 말을 걸지는 못했을 것 같소이다."

마월설은 그 말에 시비에게 시선을 던졌다.

"인사해."

"한옥산이라 해요."

한옥산의 인사에 영기위는 고개를 끄덕였다. 영기위는 차를 마신 뒤 말했다.

"그런데 왜 날 부른 것이오? 호위는 충분히 있을 텐데 굳이 나까지 호위가 되어야 하오?"

"저는 강한 사람이 필요해요."

영기위의 눈이 반짝였다.

"강한 사람은 충분히 있지 않소이까? 밖에 있는 호위무사들이나 경비무사들만 봐도 충분히 강한 자들인데 말이오."

"이곳에서 제 힘을 키우기 위해선 더욱 많은 사람이 필요하지요. 젊고 유능하고 거기다 무공까지 고강한 무인이라면 더욱더 곁에 둬야지요."

"야망이 있는 여자로군."

영기위의 말에 마월설은 미소를 보였다. 그의 말이 틀리지 않았다. 실제 자신은 야망이 큰 사람이었다.

"순찰당의 무사로 지내는 것보다 제 호위로 지내는 것이 더 좋지 않나요?"

마월설은 살짝 붉은 입술을 미묘하게 움직였다. 영기위는 그 모습에 미소를 보였다. 자신을 유혹하는 듯 보였기 때문이다. 하지만 그건 진심이 아닌 단순한 치장일 뿐이었고 아무런 감정이 없는 행동이었다. 그 정도를 모를 그가 아니었다. 기루까지 운영하던 그였기에 여자에 대해서는 어느 정도 안다고 생각했다.

"내가 이곳에서 하고 싶은 일은 딱 한 가지가 있소."

"무엇인가요?"

"팔왕에 드는 것."

그의 말에 마월설은 놀란 표정을 보이다 곧 소리 죽여 웃었다. 그 모습에 영기위는 자신을 무시하는 것 같아 살짝 인상을 찌푸렸고 마월설은 손을 저었다.

"당신의 실력을 의심해서가 아니라 그냥 나온 거예요. 팔왕이 된다는 것은 실제 매우 어려운 일이니까요."

"알고 있소이다."

"당신이 중원에서 나름대로 명성을 떨쳤다고 하지만 세상에는 이름 없는 고수들도 지천으로 널려 있고 이곳 천외성에도 그러한 고수들이 많아요. 그런 자들을 모두 이겨야 하는데 쉽겠어요?"

"어려운 일이지만 해보고 싶은 일이오. 천외성에 왔는데 팔왕은 되어야 하지 않겠소?"

영기위의 말에 마월설은 진심이란 것을 알고 조금은 심각한 표정을 보였다.

"죽고 싶은 모양이군요?"

"어차피 한 번 사는 인생, 도전을 하다 죽으면 그것도 나쁘지는 않겠지."

"젊은 나이에 그리 목숨을 소홀히 하다니 슬픈 일이에요."

"내가 원래 좀 그렇소. 하하하!"

영기위는 호탕하게 웃었지만 마월설은 안쓰러운 표정으로 쳐다보았다.

"일단 내가 해야 할 일은 할 것이오. 여기서 밥이라도 먹고 살려면 시키는 대로 해야지. 오늘부터 마 소저의 호위를 하면 되는 것이오?"

"호위를 할 거라면 호칭을 아가씨로 바꾸세요."

"좋소, 아가씨."

마월설은 영기위의 대답에 만족한 듯 미소를 보였다.

부상당한 공도는 팔에 붕대를 감은 채 서 있었다. 그는 다가오는 영기위를 보자 인상을 찌푸렸다. 문득 며칠 전의 일이 떠올랐다.

파팟!

바람처럼 공도의 일 권을 피한 영기위의 양손이 그의 어깨와 팔뚝을 잡은 채 비틀었다.

뚜둑!

순간적으로 근육이 비틀거리는 고통에 공도의 눈이 커졌다. 그때 팔뚝의 뼈가 어긋나는 고통이 그의 전신을 엄습했다.

"큭!"

신음과 함께 팔을 잡고 비틀거린 공도를 향해 영기위의 일 권이 그의 복부를 때렸다.

퍽!

"헉!"

눈을 부릅뜬 채 바닥에 주저앉은 공도는 잠시 정신을 잃은 듯 고개를 숙였다. 그리고 그 기억이 끝이었고 눈을 뜨니 침상에 누워 있었다.

공도는 그때의 기억 때문에 영기위에 대해 강한 적의를 드러냈다.

"잘 지냈소?"

"잘? 그때의 기습은 잊지 않으마."

공도가 인상을 굳힌 채 자신의 할 말을 다 한 듯 복수를 다짐하며 걸음을 옮겼다. 그의 모습에 영기위는 가볍게 미소를 보였지만 공도의 적대심은 조심해야겠다고 생각했다.

*　　　*　　　*

　지탁의 집무실로 들어선 하오문의 송지중은 지탁에게 읍을 하고 의자에 앉았다. 지탁은 그를 기다렸다는 듯이 자리에서 일어나 다탁 앞에 앉았다.

　"최상급 용정차를 가져왔더군."

　또르륵!

　차를 찻잔에 따르는 소리와 뜨거운 김의 모습에 지탁은 만족스러운 표정으로 고개를 끄덕였다. 그는 곧 차를 음미하며 눈을 감았다. 지탁은 고단한 일과에 잠시의 평화를 얻은 듯 평온한 표정으로 차를 한 모금 더 마셨다.

　"총관님께 드리는 선물인데 당연히 최상급을 가져와야지요. 항주에서도 고르고 고른 용정차이니 입에 맞을 겁니다."

　"고맙네, 아주 좋아."

　지탁은 매우 만족스럽다는 듯 고개를 끄덕였다.

　"그런데 이런 걸 가져왔다는 것은 내게 따로 할 말이 있다는 것인데 그게 무엇인지 궁금하군."

　지탁은 자신의 취향에 맞춰온 송지중의 의도가 궁금한 듯 물었다. 이런 만남에 늘 따라오는 것은 제안이나 의탁이었다. 그것을 위한 뇌물이고 선물이란 것도 알고 있었으며 세상에 공짜는 없다고 생각하는 지탁이었다.

송지중은 그런 지탁이 싫지는 않았다. 자신도 같은 부류의 사람이었기 때문이다. 세상에 공짜는 존재하지 않는다.

"인사차 들렀는데 생각이 나 준비한 선물입니다. 의탁을 위한 거라면 너무 약소하지 않겠습니까? 하하하!"

"후후, 말해보게."

송지중의 아부성 말에 지탁은 기분이 좋다는 듯 다시 말했다. 어떤 말을 해도 기분이 상할 일이 없다는 반증과도 같은 말이기도 했다.

"진파랑이라고 천문성에서 금과 무공서를 걸어둔 인물이 있지 않습니까?"

"호오… 갑작스럽게 진파랑이라니? 우리 사이에 나올 인물은 아닌 것 같은데……. 왜 그 이름이 나온 건가?"

"그자가 이곳으로 온다는 소식을 들었습니다. 극비리에 들어온 정보인데 곧 조만간 세상천지에 알려지겠지요."

지탁은 그 말에 눈을 반짝였다. 송지중이 온 목적이 진파랑의 소식을 알려주기 위함임을 알았다. 그 이후의 일은 알아서 하라는 뜻이었고 선물을 주는 것이기도 했다.

"금과 무공서가 동시에 이곳으로 온다는 것인가? 반가운 소식이군그래……. 한동안 성내가 시끄러울지도 모르겠어."

"시끄러워지겠지요."

송지중은 미소로 대답했고 지탁은 고개를 끄덕이며 차를 다시 마셨다. 송지중은 다시 말했다.

"진파랑은 고수입니다. 그자에 대해 사람들이 오해를 하는 것이 있는데… 그는 분명 팔왕과도 견주어볼 수 있는 고수라는 사실입니다."

"오해를 하겠나? 돈과 무공서에 눈이 어두운 자들이나 그의 무공을 낮게 보겠지. 그는 자네 말대로 분명 고수네."

"문자경의 호위대를 모두 주살하고 변양도를 비롯한 초고수들도 그 자리에서 죽인 자입니다. 그런 자를 쉽게 생각하고 접근하려는 자들도 있으니 주의가 필요하겠지요."

"본 성에 혼란이 올지도 모르는데 자네는 기쁜 모양이군?"

"혼란이 와야 총관님께서 제 손을 잡아줄 게 아닙니까?"

"후후… 알았네. 진파랑의 일은 하오문에서도 관심이 클 텐데 문주는 어떻게 할 생각인가?"

"일단 비밀리에 살수를 보내 죽이거나 누군가가 죽이면 그 목을 훔쳐 갈 궁리를 하겠지요."

송지중의 말에 지탁은 실소를 흘렸다.

"하오문스러운 생각이군."

"이곳을 쉽게 보는 듯합니다."

"그럴지도 모르지."

지탁은 미소를 보였고 송지중이 다시 말했다.

"며칠 뒤 악양에서 문주님을 뵙기로 했지요. 전할 말씀은 없으십니까?"

지탁은 짧은 수염을 쓰다듬으며 대답했다.

"문주의 시신은 볕이 잘 드는 곳에 묻어두겠다고 전하게."

지탁의 말에 송지중은 눈웃음을 흘리며 차를 마셨다.

"좋습니다."

송지중이 곧 자리에서 일어나 밖으로 나가자 지탁은 하오문주를 죽이고 그 자리에 앉을 송지중을 상상했다. 그가 하오문의 문주가 되면 천외성은 분명 중원에 막강한 영향력을 행사할 수 있게 될 것이다.

"그런데 진파랑이라……. 성에 사는 거친 녀석들이 좋아하겠어."

문득 성내에 많은 싸움이 일어날 것처럼 느껴졌다.

과거에는 팔옥산이라 불렸고 여덟 개의 봉우리가 병풍처럼 둘러싸인 이곳에 사람들이 모여 살기 시작한 것은 천 년도 더 전의 일이었다고 한다.

그곳이 계속 발전하고 변화하여 지금의 천외성이 되었고 팔옥산은 팔왕산이 되었다. 사람이 많이 모이면 당연히 시장이 형성되고 상인들이 모여든다. 그리고 몰려드는 무인이 많기 때문에 천외성의 외성은 천하에서 가장 큰 낭인 시장이 형성되어 있었다.

돈을 받고 자신의 무공을 파는 낭인들은 천외성에 머물며 일거리를 찾고 있었다. 그들 중 뛰어난 무인들은 팔왕의 수하가 되기도 했지만 대다수는 성의 외곽에 머물면서 살고 있었다.

천외성으로 들어가는 길목에 적갈색 피풍의를 두른 젊은
청년이 모습을 보인 것은 오후였다. 그는 성의 외곽 끝에 자
리한 판잣집들 사이로 걸었고 주변에는 낭인들이 한가한 시
간을 보내고 있었다.

그들의 시선은 낯선 이방인을 좇았지만 이곳은 하루에도
몇 명의 이방인들이 들어오고 자신들도 저렇게 이방인으로
이곳에 왔기 때문에 큰 관심을 가지지는 않았다.

판자촌과 외성문을 지나자 저 멀리 대로의 중앙 끝에 높은
전각이 보였다. 대로를 중심으로 집과 상가들이 있었고 대로
엔 많은 무인이 오가고 있었다. 청년의 발걸음은 본능적으로
중앙을 향해가고 있었다.

"진파랑."

진파랑이란 이름이 사람들 사이로 흘러나왔고 그 소리에
거리를 오가던 수많은 낭인이 마치 시간이 정지한 것처럼 멈
춰 섰다.

모두의 시선이 한곳을 향했고 청년은 자신을 쳐다보는 사
람들의 모습 속에서 조용히 서 있는 방립인을 주시했다. 그가
처음으로 자신의 이름을 말한 인물이기 때문이다.

第七章
땅바닥은 차갑다

"진파랑이라고?"

"맞는 것 같은데?"

사람들의 입에서 진파랑의 이름이 계속 흘러나왔고 몇몇 사람은 품에서 수배지를 꺼냈다. 그들은 수배지에 그려져 있는 초상화를 살피며 진파랑의 얼굴을 쳐다보았다.

"고수잖아?"

"그자가 여기에 왜?"

"죽었다고 하지 않았어?"

여기저기서 웅성거리는 소리가 들리기 시작했다.

진파랑은 자신을 향해 짙은 살기를 보이는 방립인을 쳐다보았다. 그때 그의 전신으로 그와 같은 살기를 지닌 다수의 사람들이 느껴졌다.

포위된 것이 분명했다.

'이 많은 군웅 속에서 피를 보자는 것인가?'

진파랑은 자신을 향한 심상치 않은 살기에 살짝 미간을 찌푸렸다. 이런 살기는 공격하기 위한 준비된 살기로, 주변 공기가 심상치 않게 변해가는 것을 느꼈다.

"황금 십만 냥에 신공 서적의 주인이 나타났다면 응당 환영을 해야지."

쉭!

날카로운 소성과 함께 날아드는 은광에 진파랑은 본능처럼 뒤로 한 발 물러섰다. 그의 눈앞으로 은빛 비수 하나가 스치는 것이 보였다.

퍽!

"크악!"

급작스러운 공격에 비명이 터진 것은 진파랑을 보기 위해 서 있던 낯선 청년이었다. 가슴에 비수를 박힌 채 바닥에 쓰러진 청년의 모습에 사람들은 놀랐지만 그게 끝이 아니었다.

쉭쉭!

또다시 두 개의 비수가 좌측에서 날아 들었고 진파랑은 이미 비수를 날린 인물이 누구인지 파악한 듯 번개처럼 도를 뽑아 막으며 시선을 던졌다.

따당!

비수가 도 그림자에 막혀 땅에 떨어졌고 비수를 던진 사람은 재빨리 뒤로 물러서는 듯했다. 그때 비수를 든 사람의 복부를 뚫고 검이 튀어나왔다.

"어딜 도망가지? 사람을 죽였으면 책임을 져야 할 것 아닌가? 후후……."

"크윽!"

비수를 던진 사람은 비명과 함께 입을 벌렸고 검을 뽑은 또다른 청년이 앞으로 나섰다. 그때 그의 머리를 넘어 도를 든 두 명의 낭인이 진파랑을 향했다.

"어딜!"

"죽어라!"

"평산이귀(平山二鬼)!"

검은 든 청년이 그들을 알아보고 외쳤다. 평산이귀라면 천외성에서도 나름대로 알아주는 형제였다.

쉬쉭!

그들이 만들어낸 날카로운 소성이 진파랑의 눈과 귀를 어지럽혔다. 꽤나 이름 있는 낭인인 그들이었기에 상당히 빠른 움직임이었고 아래와 위를 동시에 노리고 들어오는 그 합격술도 나쁘지 않았다. 일류 정도의 무인들이라면 상당히 고전할 것 같은 초식이었다.

하지만 그것은 어디까지나 일류들이나 상대할 때 가능한

일이었고 진파랑에게 그들은 매우 느린 거북이 같은 모습이었다.

거북이 두 마리가 좌측과 우측에서 천천히 다가오며 도를 들어 머리와 허리를 동시에 베어 오고 있는 모습이었다.

진파랑의 오른 어깨가 가볍게 몇 번 움직이는 것 같았다.

파팟!

빛이 일어났고 평산이귀의 도가 진파랑에게 접근하기도 전이었다. 반 장의 거리에서 빛이 그 둘의 목을 스치고 지나쳤다.

평산이귀는 자신의 의지와는 상관없이 몸을 멈춰야 했고 목에서 느껴지는 강렬한 따가움에 전신을 떨기 시작했다. 그때 평산이귀의 목이 반쯤 잘리면서 핏물이 흥건히 쏟아져 내렸다.

"헉!"

"컥!"

평산이귀의 신형이 바닥에 쓰러졌고 그들의 피가 땅을 흥건히 적실 때 검을 든 청년의 눈앞에 진파랑이 나타났다. 검은 든 청년은 눈을 부릅떴고 본능적으로 일검을 휘둘렀다. 하지만 진파랑의 신형은 어느새 그를 지나친 상태였다.

검을 든 청년의 신형이 바닥에 쓰러진 것은 그의 허리가 반쯤 잘렸기 때문이다. 진파랑은 그를 지나칠 때 이미 일도를 펼친 후였다. 그가 손을 어떻게 움직여서 도를 뽑았는지 이곳의 사람들은 볼 수가 없었다.

그의 발도술에 모두들 넋이 나간 듯 눈을 부릅떴고 그가 걷기 시작하자 그에게서 멀찍이 물러섰다. 사람들은 진파랑을 노려보며 살기를 보이기도 했지만 직접적으로 덤비지는 못하고 있었다. 좀 전에 보여준 한 수의 섬뜩함에 기가 죽은 것이다.

박력 있는 한 수였고 그의 움직임을 알아차릴 수 없었기에 더더욱 사람들은 큰 두려움을 느껴야 했다.

강렬한 기도와 함께 보여준 그의 한 수는 나에게 쓸데없이 덤비지 말라는 경고였다.

중앙으로 걸음을 옮기는 진파랑의 앞에 검은 흑의를 입은 장년인이 앞을 막았다.

"나는 매양주라 하네. 자네는 진파랑인가?"

"강철산도(鋼鐵山刀) 매양주군."

"저자도 여기에 있었던 모양이야?"

사람들은 흥미롭다는 듯 매양주의 이름에 호응했다. 진파랑은 그 이름을 들어본 기억이 없었다.

"그렇소."

"오!"

"정말이군!"

진파랑의 대답에 사람들의 입에서 탄성이 나오고 상당히 격앙된 분위기가 이어졌다. 좀 전에 진파랑이 만들어놓은 강한 기도도 그 대답 한 번에 사라져 버렸다.

진파랑의 대답을 들은 매양주의 눈이 반짝였다. 그것은 살기였고 또한 자신감이었다.

"요 앞에 보면 비무대가 있네, 어떤가? 거기에서 한번 신나게 겨뤄보지 않겠나?"

진파랑은 매양주의 말에 살짝 미간을 찌푸렸지만 이 많은 사람들을 모두 상대하는 것보다 명성 있는 사람을 한두 명 상대하는 게 낫겠다는 생각에 고개를 끄덕였다.

"좋소."

진파랑의 짧은 대답에 매양주가 앞장서서 비무대로 향했고 그 뒤로 진파랑이 따랐다. 얼마 뒤 비무대에 도착한 매양주와 진파랑은 그 위로 올라갔다.

진파랑이 나타났다는 소식과 비무 소식이 삽시간에 거리로 퍼져 나갔으며 그 소식을 들은 사람들이 비무대로 끊임없이 모여들고 있었다.

진파랑은 난감한 듯 인상을 찌푸렸다. 이곳에 온 지 얼마 되지도 않았는데 벌써부터 사람들의 이목을 끌었기 때문이다. 마치 누군가에 의해서 이렇게 주목을 받고 있는 게 아닌가 하는 생각도 들었다.

핑!

잠시 딴 생각을 하는 중 급작스러운 소성과 함께 매양주의 도날이 번개처럼 진파랑의 목을 향해 베어왔다. 길게 앞으로 뻗어 나오며 베어오는 그 모습은 군더더기 하나 없는 깨끗한 자세를 갖추고 있었다.

어떻게 보면 너무 정직해 보인다고 해야 할까? 흔히들 쓰고 있는 단순한 수평도수(水平刀手)의 한 수였다.

급작스러운 일격에 누구라도 당할 것 같았고 금방이라도 진파랑의 머리가 떨어질 것처럼 보였다. 매양주의 도날이 진파랑의 머리 근처로 올 때쯤 진파랑의 신형이 어느새 매양주의 곁을 지나 그 뒤에 서 있었다.

핏!

날카로운 빛 무리가 피어났고 매양주의 눈이 커졌다. 순간 그의 이마에 긴 혈선이 그려지더니 피를 흘리며 바닥에 쓰러졌다. 매양주는 억울하다는 듯 여전히 눈을 뜨고 있었다. 죽는 그 순간까지 진파랑이 어떻게 자신의 이마를 베었는지 그는 볼 수 없었다.

진파랑의 움직임을 제대로 읽은 사람은 그리 많지 않았고 모두들 매우 놀란 표정으로 비무대를 쳐다보고 있었다.

진파랑은 죽은 매양주의 시신을 앞에 두고 다섯 명의 장한이 비무대 위에 올라오자 눈을 빛냈다. 혼자가 아닌 다섯이란 말은 합공을 하겠다는 뜻이었고 함께라면 그만큼 자신이 있다는 증거였다.

"우린 의형제로 형산오객이네. 모두 형산 출신으로 이곳에서 만나 형제가 되었네. 함께 해도 상관없겠지?"

진파랑은 대답 없이 고개만 끄덕였고 그 순간 다섯 명의 형산오객은 마치 약속이라도 한 것처럼 오방을 점하고 달려들었다.

쉭쉭!

＊　　　＊　　　＊

지탁의 업무실로 들어선 장사금은 두툼한 금전 장부를 손에 들고 있었다. 십 년 동안 천외성의 금전 장부를 담당하는 장사금은 아직까지 큰 실수 없이 천외성의 자금을 관리하고 있었다. 그렇기 때문에 지탁은 그를 신뢰했고 가장 가까이에 두는 수하로 아꼈다.

"어제까지 정리한 내용입니다."

금전 장부를 내려놓자 지탁은 고개를 끄덕이며 손에 쥐고 살피기 시작했다. 장사금이 다시 말했다.

"팔왕이 쓰던 금액은 큰 변화가 없습니다. 단지 아가씨께서 전달에 비해 두 배 가까이 소비가 늘었습니다. 주의를 줘야 하지 않을까요?"

"적당하니까 그냥 둬."

지탁은 마월설이 얼마나 쓰는지 적힌 부분을 읽으며 답했다.

"운남에서 노예들을 얼마나 사 올지 정해야 합니다."

"시비로 쓸 젊은 여자들로 사 와. 딱히 또 필요한 인원이 있나?"

"농장에서 사람이 부족하다고 합니다."

장사금이 생각난 듯 말하자 지탁은 살짝 미간을 찌푸렸다.

"언제부터 농장까지 신경 쓰면서 살았나? 한가한 모양이야?"

"죄송합니다."

장사금은 지탁의 날카로운 눈빛에 재빨리 허리를 숙였다.

"인부들은 쓸모없는 낭인들로 충당하면 그만이네."

"예."

장사금의 대답과 함께 문을 열고 순찰 무사가 모습을 보였다.

"급한 일 때문에 실례를 무릅쓰고 왔습니다."

"말해봐."

지탁의 말에 무사가 재빨리 대답했다.

"진파랑이란 자가 성에 들어왔습니다."

지탁은 그 말에 눈을 번뜩였다.

"그자를 데려와. 몸값이 높은 고수이니 정중히 모셔라."

"예! 그런데 문제가 있습니다."

"문제?"

지탁이 의문스러운 표정을 보이자 순찰무사가 재빨리 비무대의 상황을 말했다.

"진파랑은 현재 비무대에 올라가 있으며 그자를 죽이기 위해 도전하는 자들이 끊이지 않고 있습니다. 그로 인해 비무대의 주변은 시체들만 쌓이는 중입니다."

순찰무사의 말에 지탁은 어이없다는 듯 자리에서 일어섰다.

"순찰당주를 부르고 모두 연무장에 집합해! 함께 간다."

지탁은 큰 목소리로 말한 뒤 방으로 들어가 옷을 갈아입었다.

"크아악!"

비명과 함께 또 한 명의 낭인이 바닥에 쓰러졌다. 진파랑은 피에 젖은 비무대를 눈으로 살피며 짧은 숨을 내쉬었다.

"도대체… 여긴… 뭐하는 곳인지 모르겠군."

진파랑은 혀를 차며 고개를 저었다. 그의 도는 여전히 도집에 있는 상태였는데 그는 그것을 단 한 번도 뽑지 않은 것처럼 보였다. 하지만 그의 도광은 분명 반짝였고 사람들은 그의 도광만 보았을 뿐 그다음을 알지 못하였다.

극쾌의 도법을 선보이는 진파랑이었다.

그의 주변에 있던 시신들을 천외성의 무사로 보이는 같은 복장의 무사들이 나타나 재빠르게 치우기 시작했다. 그들의 익숙한 일처리에 진파랑은 문득 이곳이 전혀 다른 세상 같다는 생각이 들었다.

꽤 많은 사람들이 분명 피를 흘리고 죽었는데도 이들은 크게 동요하는 모습이 아니었다. 마치 그런 세상에 살고 있는 사람들처럼 보였다. 진파랑은 문득 천외성에 적응하기 쉽지 않을 것 같다는 생각이 들었다.

진파랑은 주변에 모여든 많은 천외성의 사람들을 둘러보며 말했다.

"더 없는 건가?"

그의 목소리가 울렸지만 쉽게 나서는 사람들은 없었다. 진파랑의 몸값이 탐나기는 하지만 자신의 목숨보다 비싼 것은 없었다.

진파랑은 잠시 그렇게 서서 주변을 둘러보다 비무대에서 내려오려는 듯 뒤로 한 발 물러섰다. 그때 그의 뒤에서 말소리가 들렸다.

"침 흘리는 배고픈 승냥이들만 모여 있는 것 같군."

슥!

검은 흑의를 입은 서른 중반의 장년인이 비무대 위로 천천히 모습을 보였다. 그는 큰 키에 단단한 체구를 지닌 보기에도 강해 보일 것 같은 날카로운 기도를 내뿜는 인물이었다. 그의 뒤로 십여 명의 무사가 늘어서 있었고 같은 흑의를 입고 있었으며 가슴에는 '고(高)'라는 글이 쓰여 있었다.

"거검마(巨劍魔) 고도진."

고도진은 자신의 이름을 듣자 입가에 미소를 그렸다.

진파랑은 천외성에서 마(魔)가 들어가는 별호를 지닌 인물은 단 팔 인이란 것을 알고 있었다. 그리고 그들은 팔왕이었고 팔마였다. 진파랑은 그가 그중 한 명이란 생각에 눈을 반짝이며 고도진을 살폈다.

"검."

고도진은 손을 옆으로 내밀었고 어른 크기의 큰 패검을 든 수하가 다가왔다.

스르릉!

검집에서 검을 꺼낸 고도진은 은빛으로 반짝이는 패검을 마치 기둥처럼 가슴 앞 비무대에 찍었다.

쿵!

강한 진동이 울렸고 진파랑의 표정이 굳어졌다. 오 척의 검신과 일 척의 손잡이는 마치 사람 한 명을 들고 있는 듯한 모습과 같았고 무게 또한 대단히 무거워 보였다.

보통의 사람이라면 그 모습에 압도될지도 모른다. 일반 무사의 길을 걸어왔던 진파랑이었기에 저 정도의 패기가 얼마나 위험한지 잘 알고 있었다. 이곳의 대다수의 무사들은 고도진의 눈빛과 검의 모습에 압도당할 것이 분명했다.

"박력 있군."

진파랑의 입에서 흘러나온 말에 고도진은 고개를 끄덕였다.

"나와 싸운다면 재미있을 것이네."

"그럴 것 같군."

진파랑의 대답에 고도진은 양손으로 패검의 손잡이를 잡았다. 진파랑도 도의 손잡이를 잡으며 고도진의 움직임을 주시했다. 차가운 공기가 그들 주변을 맴돌기 시작했다.

그들의 모습을 보고 있던 마월설은 옆에 서 있는 영기위를 향해 물었다.

"누가 이길까?"

"누가 이기든 우리에게 나쁜 건 없지 않소? 팔마의 자리가 비게 될 텐데… 후후."

"진파랑이 이기면 그가 팔마가 되는 거예요."

"아… 그렇게 되는 건가? 이런… 고민스럽군."

영기위는 턱을 어루만지며 인상을 찌푸렸다. 팔마 중 한 명인 고도진이 진파랑의 손에 죽으면 그 자리는 진파랑이 차지하게 될 것이다. 그게 이곳 천외성의 규칙이었다.

오직 강자만이 특혜를 누리고 강자만이 천외성을 지배할 수가 있었다. 이곳은 강자존의 법칙이 존재하는 곳이었고 승자의 말이 곧 진실이었다.

우루루루!

급박한 발소리들이 울리자 영기위와 마월설은 인상을 찌푸리며, 다가온 지탁과 순찰당의 무사들을 쳐다보았다.

그들은 사람들을 헤치고 나가 비무대를 포위하듯 둘러쌌다.

"이런……."

지탁은 고도진이 비무대 위에 올라가 있는 모습을 보자 살짝 미간을 찌푸렸다.

'애송이가…….'

고도진을 향한 지탁의 눈빛은 싸늘했다.

팔마 중 한 명이 비무대에 올라갔다는 것은 자신의 자리를 걸겠다는 뜻이었고 그 자리를 노리는 사람들은 도전해도 된다는 뜻이기도 했다.

"오랜만에 흥분되는 자리가 아닌가?"

슥!

지탁의 옆으로 서른 중반의 장년인이 나타났다. 보통의 평범한 외형을 지닌 그는 짧은 수염을 쓰다듬으며 다시 말했다.

"지 총관이 사태를 수습해야 할 텐데… 쉽지 않을 것 같군 그래."

"노 형이로군."

섬전신마(閃電神魔)로 불리며 천외성, 아니, 중원천하에서 가장 빠르다고 소문난 두 사람 중 한 명인 노자명이었다. 그는 중원의 무면객(無面客)이라 불리는 청란과 함께 바람처럼 달린다고 알려진 인물이다.

"진파랑을 포섭해야 하지 않나?"

은근슬쩍 지탁이 이곳에 나타난 의도를 묻는 노자명이었다.

"그럴 리가 있겠소? 손님으로 대접을 하려고 했던 것뿐이오. 그가 이곳에 왔다는 것은 우리에게 몸을 의탁하기 위함이 아니겠소? 그렇다면 쉴 곳을 내주면 그만이고 아니면 떠나보내면 되는 일이오."

"그의 무공을 확인한 뒤 떠나보내도 될 일이지."

노자명의 말에 지탁은 고개를 끄덕이며 대답했다.

"무공을 확인하는 일도 중요하지만 그의 의도가 더욱 중요하오. 왜 이곳에 왔는지 알아야 하지 않겠소?"

그의 말에 노자명은 고개를 끄덕이며 시선을 비무대로 던졌다. 그의 눈에 팔마의 마지막 자리에 있는 호리호리한 몸매에 붉은 홍의를 입은 추혼마(追魂魔) 장대선이 보였다. 그는 이십 대 후반으로 작년에 팔마에 오른 인물이었다.

"여긴… 수많은 은원이 얽히고설킨 곳이지……. 기회를 기다리는 자들로 들썩이는군."

노자명의 말에 지탁은 고도진과 원한이 많은 추혼마 장대선을 슬쩍 쳐다보았다. 장대선은 고도진이 혹시라도 진파랑과 싸우다 부상을 당하면 그 기회를 노리고 공격할 것처럼 보였다. 비무대 위라면 가능한 일이었다.

마월설은 지탁과 노자명을 발견하고 말했다.

"저 둘은 알지?"

"이곳에서 팔마를 모르면 바보가 아니오?"

"네가 원하는 상대도 왔네."

마월설의 말에 영기위는 추혼마 장대선을 발견하고 눈을 반짝였다. 장대선은 그의 목표로 그는 팔왕 대회에서 장대선을 죽이고 그의 자리를 차지할 생각이었다.

그때 강렬한 바람 소리와 함께 폭음이 터졌다.

쾅!

"큭!"

삽시간에 무겁고 날카로운 폭풍 같은 바람이 사방으로 퍼져 나갔다. 구경하던 사람들은 따가운 바람을 견디지 못하고 비무대에서 물러섰다.

폭풍 같은 바람이 사방을 휘몰아친 뒤 사라지자 비무대 위에 서 있는 고도진과 진파랑의 모습이 나타났다.

진파랑은 언제 뽑았는지 모를 백도를 손에 쥔 채 고도신을 쳐다보더니 곧 도를 도집에 넣었다.

스르릉!

그의 백도가 도집에 들어가는 날카로운 소리가 울렸고 그 순간 고도진의 신형이 미미하게 떨리더니 앞으로 쓰러졌다.

쿵!

비무대에 쓰러진 고도진의 전신에서 핏물이 흘러내리기 시작했다.

"헉!"

"와아아!"

"이럴 수가!"

사람들은 눈을 크게 뜨며 믿을 수 없다는 듯 쓰러진 고도진을 쳐다보았다. 죽은 사람이 정말 고도진인지 쉽게 믿을 수 없는 듯 보였다.

　진파랑은 차가운 눈동자로 쓰러진 고도진과 그의 옆에 놓인 거대한 패검을 쳐다보았다.

　'팔마라… 내가 강해진 건가?'

　문득 팔마로 불리는 고도진이 자신의 혈풍세(血風世)에 밀려 눈을 부릅뜬 채 쳐다보던 좀 전의 상황을 떠올렸다.

　고도진이 검을 들고 앞으로 나서는 순간 진파랑은 재빨리 도를 뽑으며 혈풍세를 펼쳤다. 반 장까지 가까워진 거리에서 펼친 그의 혈풍세를 고도진은 뜬 눈으로 쳐다봐야 했다. 마치 이게 뭔가 하는 표정을 한 그의 검세를 뚫고 들어간 혈풍세의 도기가 그의 전신을 난자했다.

　고도진은 자신의 무공을 제대로 펼치지도 못한 채 시신이 되었고 사람들은 그 모습에 할 말을 잃은 듯 보였다.

　"꿀꺽!"

　누군가 마른 침을 삼키는 소리가 울렸다. 지금 이 상황을 어떻게 받아들여야 하는 것일까? 팔마 중 한 명이 단 일 초에 죽었다는 것을 구경하던 그들은 받아들이기 어려웠다.

　팔마라 불리는 자들이 얼마나 강한 자들인지 그들은 잘 알고 있었다. 그 자리에 올라가기 위해선 각고의 노력을 해야 한다는 것과 많은 싸움에서 이겨야 한다는 것도 그들은 알고 있었다. 그런 팔마 중 한 명이 진파랑의 손에 죽은 것이다.

고도진의 패검은 천외성에서 받아내기 어렵다고 알려졌으
며 그의 패검을 정면에서 받은 사람은 대다수 피떡이 되어 죽
어나갔다. 그 모습을 본 사람들이 많았다.

"백십팔 번… 단 일 초에 백십팔 번의 변화를 주다니… 놀
랍군."

영기위는 주먹을 움켜쥐며 중얼거렸다. 그 말에 마월설은
놀란 표정을 보였다. 영기위가 진파랑의 도기를 모두 보았다
는 것 자체가 놀랍게 느껴졌다.

"후후후… 신나게 싸워볼 상대로군."

영기위는 중얼거리며 비무대로 나가려 했고 마월설이 그
의 어깨를 잡았다.

"미쳤어?"

마월설은 어이없다는 듯 쳐다보았다. 진파랑과 싸우다 죽
은 사람은 팔마 중 한 명인 고도진이었다. 그자를 단 일 초에
죽인 상대에게 영기위가 도전한다는 것 자체가 죽겠다는 것
과 같아 보였다.

"왜 이러시오? 이렇게 보여도 꽤 고수라오."

영기위는 미소를 보이며 마월설의 손을 밀치며 비무대로
향했다. 그가 걸어 나오자 주변 사람들의 시선이 모두 영기위
를 향했고 진파랑도 그를 쳐다보았다.

"훗!"

진파랑은 저도 모르게 입가에 미소를 걸었다. 낯이 익은 얼굴이었기 때문이다.

"오랜만이네."

영기위는 비무대 위에 올라와 손을 들었다. 그의 인사에 진파랑은 고개를 끄덕였다.

"이런 곳에 있었나?"

"피치 못할 사정이 있어서 오게 되었지."

슥!

영기위는 품에서 검은 장갑을 꺼내 손에 끼며 다시 말했다.

"그러는 진 형은 이곳에 무슨 일로 왔나?"

"개인적인 일이네."

"궁금하군."

영기위는 호기심 어린 눈빛을 던지며 주먹을 움켜쥐더니 가볍게 쥐었다 폈다를 반복했다. 가죽의 느낌이 손에 꽉 들어차자 고개를 끄덕인 그는 번개처럼 일권을 내질렀다.

쉬악!

강한 권풍이 진파랑의 안면을 향했다. 진파랑은 가볍게 우측으로 한발 물러섰다. '쉭!' 하는 소리와 함께 강한 권풍이 그의 귀를 스쳤다. 일장의 거리가 무색하게 느껴질 만큼 강한 풍압이 느껴졌다. 실제 맞았다면 쌍코피는 터졌을 것이다.

진파랑의 표정이 굳어졌다. 과거에 영기위를 떠올렸지만 그때보다 지금이 훨씬 강해진 것을 느낄 수가 있는 한 수였다. 전에는 이 정도로 날카로운 권풍을 보이지는 못했었다.

쉭!

영기위의 신형이 빠르게 진파랑의 가슴 앞으로 다가왔다. 그의 무공이 권법이었기에 그는 맨손으로 하는 격투에는 자신이 있었다.

진파랑은 재빨리 좌측으로 반 장 물러섰다. 그가 물러서자 영기위는 꼬리를 물기 위해 달려드는 늑대처럼 방향을 돌려 가볍게 뛰어오르며 발을 뻗었다.

쉭!

영기위가 올려차기를 하듯 진파랑의 머리를 치기 위해 발을 뻗자 진파랑은 다시 좌측으로 반 장 피했다. 거기서 멈추고 막으려 했다면 순식간에 영기위의 주먹들이 날아들 것이다. 그것을 알고 거리를 두려 한 것이다.

영기위는 진파랑의 의도를 파악한 듯 더욱 빠르게 땅을 차고 그의 얼굴로 일권을 날렸다. '팍!' 하는 바람 소리와 함께 권풍과 영기위의 신형이 급속도로 다가왔다. 진파랑은 살짝 인상을 찌푸리며 도의 손잡이를 잡았다.

핏!

날카로운 소성과 함께 그의 손목이 움직였고 빛 무리가 일어나며 권풍을 잘랐다. 그 뒤에 있던 영기위는 빠른 도기에 상체를 숙이며 진파랑의 복부로 기다렸다는 듯 팔꿈치를 가격했다. 그때 진파랑의 무릎이 올라갔다.

빡!

"흡!"

영기위의 팔꿈치와 진파랑의 무릎이 부딪쳤고 두 사람의 신형이 뒤로 물러섰다. 영기위는 재빨리 신형을 바로잡으며 진파랑을 노려보았다. 설마 거기서 무릎으로 치고 올 줄은 몰랐기에 영기위는 놀랐지만 크게 동요하지는 않았다.

진파랑은 여전히 도의 손잡이를 잡고 있었으며 아직 뽑을 생각은 없는 듯 보였다. 하지만 눈빛은 전과 달리 흥미롭고 재미있다는 듯 반짝이고 있었다.

"그만하지."

짝!

커다란 박수 소리와 함께 지탁이 비무대 위로 올라왔고 그가 나타나자 순찰당의 무사들이 비무대를 둘러쌌다.

"천외성의 총관인 지탁이라 하오. 진 소협의 방문을 환영하니 이만 손을 거두시는 것이 어떻겠소?"

"뭐야? 좀 재미있어질 것 같았는데 방해하려고? 비무대 위의 일은 아무도 관여해서는 안 되는 것 아니었어?"

영기위가 불만스러운 듯 말하자 지탁은 고개를 끄덕였다.

"그 말은 맞지만 진 소협은 싸울 의사가 없는 것 같아 올라온 것이네."

진파랑은 지탁의 말에 기다렸다는 듯 고개를 끄덕였다. 그 모습에 영기위는 기운이 빠진 듯 긴 한숨을 내쉬었다.

"자네는 아가씨께 가보게."

"그러지!"

영기위는 지탁의 말에 인상을 찌푸리다 진파랑에게 시선을 던졌다.

"다음에 보세."

진파랑은 그 말에 곧 자세를 풀고 지탁에게 포권했다.

"진파랑이오."

"이곳에 온 것을 환영하오."

지탁은 미소로 답했다.

*   *   *

지탁에게 안내받은 진파랑은 매화나무가 가득한 별채에 들어와 앉았다. 아직 꽃을 피울 시기가 아니기 때문에 매화향은 없었지만 봄이 되면 분명 이곳은 매우 아름다울 것이다. 창을 통해 매화나무와 동백나무들이 보였고 먼 곳에서 공수해 온 비싼 태석이 아담한 정원을 장식하고 있었다. 상당히 공을 들인 장소가 분명했다.

시비가 진파랑에게 따뜻한 차를 따라주었다. 십 대 후반으로 보이는 시비의 체향은 향긋했고 사람의 마음을 끄는 뭔가가 있는 듯했다. 절로 주목하게 되는 시비였다.

"정정이라 해요."

진파랑은 그녀의 끈적한 음성을 회피하듯 대답 없이 고개를 끄덕이며 차를 마셨다. 본래부터 사람을 유혹하기 위한 기술을 배워온 정정이었기에 본능적인 교태(嬌態)로움이 있었다. 정정이 뒤로 물러나자 지탁이 방 안으로 들어왔다. 그는 보기에도 훈훈한 미소를 입가에 그리며 의자에 앉았다.

"총관의 자리에 있다 보니 할 일이 많소이다. 오래 기다리게 해서 미안하오."

"아니오."

진파랑은 짧게 대답 후 차를 마셨다.

"좋아하는 차가 따로 있다면 말해보시오. 준비하리다."

"딱히 좋아하는 차는 없소이다. 이것도 내 입에는 맛이 좋고 향이 깊소."

"만족스럽다니 다행이오."

지탁은 진파랑의 말에 여전히 훈훈한 미소를 보였다. 진파랑은 그의 표정을 바라보며 과거에 자주 만나던 천문성의 사람들을 떠올렸다. 그들도 지탁처럼 저렇게 최대한 악의 없는 표정을 짓기 위해 노력했었다.

"자신의 몸에 걸려 있는 현상금이 꽤 높다는 것은 알고 있소이까?"

"물론이오."

"그런데도 본 성에 왔다는 것은 몸을 의탁하기 위함이오?"

"이곳에서 잠시 지낼 생각이오."

진파랑의 솔직한 대답에 지탁은 고개를 끄덕였다.

"의도한 것인지 아니면 운이 좋은 건지 몰라도 고도진을 죽였으니 그의 거처를 내주겠소."

"고맙소."

진파랑은 자신이 지낼 곳이 있다는 것에 일단 만족한 듯 대답했다.

"정정."

"예."

"안내하고 잘 모시게."

"아, 저는 시비는 필요 없소이다."

진파랑이 지탁의 말에 손을 저으며 말했다. 지탁은 그 말에 살짝 인상을 찌푸리며 대답했다.

"팔마를 죽였으니 그의 거처를 얻는 것도 규칙이고 팔마의 자리에 앉았으니 그 권한도 얻을 것이오. 이 또한 규칙이며 정정이 진 소협의 시비가 되는 것 또한 이곳의 규칙이오. 천외성의 규칙을 어기지는 마시오."

지탁의 말에 진파랑은 조금 걱정스러운 듯 살짝 미간을 찌푸렸다. 그의 말이 어떤 뜻인지 도통 이해가 안 되었기 때문이다.

"자세한 설명은 정정이 해줄 것이오."

"알겠소."

"고도진의 거처를 지금 치우는 중이니 내일 아침에 들어가면 될 것이오. 그럼 일이 있어 나는 일어나겠소."

"신경 써주셔서 감사하오."

"별말씀을……."

지탁은 포권과 함께 밖으로 나갔고 진파랑은 굳은 표정을
보이며 차를 따라 마셨다. 정정이 뜨거운 찻주전자를 탁자 위
에 올려놓았다.

"팔왕과 팔마는 뭐가 다르다는 거지?"

"여기 산 이름이 팔왕산이라 여덟 개의 봉우리가 있고 그
봉우리에 사는 사람들을 팔왕이라 칭하며 그 주인을 팔마라
해요. 팔마는 곧 천외성의 여덟 마인이고 이곳의 귀족이지요.
또한 이곳의 사람들은 누구라도 팔마에게 도전할 수 있으며,
그를 이긴다면 그 자리에 앉을 수가 있지요."

"그렇군."

진파랑의 대답에 정정은 다시 말했다.

"물론 아무 때나 도전할 수 있는 것은 아니에요. 한 해에
한 번 팔왕전을 여는데 그때에 도전할 수 있으며 팔마가 비무
대에 올라갔을 때도 도전이 가능하죠."

"비무대는 무엇이지?"

"광장에 있는 비무대는 혼전대(混戰臺)라고도 불리는 본 성
의 특징이죠. 본 성에 오는 외부의 사람들은 대다수 문제가
있기 때문에 오는 사람들이지요. 그들은 범죄자부터 하오잡
배까지 다양한 사람들이에요. 그러다 보니 다툼이 생기고 큰

싸움도 있으며 살인 사건도 생기지요. 그러한 문제를 해결하는 곳이 바로 혼전대예요."

"옳고 그름을 무공(武功)으로 결정하는 건가?"

"맞아요. 세상과 다른 이곳의 법이죠."

정정의 대답에 진파랑은 고개를 끄덕였지만 표정은 밝지 못했다. 무공만 강하다면 모든 게 용서가 된다는 뜻과도 같았기 때문이다. 범죄를 저질러도 무공이 강하면 용서를 받을 수 있다는 것에 불합리함을 느끼고 있었다.

"그렇다고 해서 힘으로만 모든 게 해결되는 것은 아니에요. 그런 일이 많았다면 천외성이 존재하지 않았겠지요."

진파랑은 그저 가만히 고개만 끄덕였다. 어차피 오래 있을 곳도 아니었고 목적만 이루면 떠날 생각이었기에 이곳의 일에 대해 크게 관여치 않을 생각이었다.

"내가 알아야 할 규칙이나 법도가 또 있나?"

"죽이고 싶은 사람이 있다면 죽이고 원하는 사람이 있다면 취하고……. 조금은 본능에 충실할 필요가 있는 곳이에요."

"제대로 된 무인이 살 만한 곳은 아니로군."

진파랑의 말에 정정은 그게 어떤 뜻인지 몰라 궁금한 표정을 지었다.

"피곤하군. 침실은?"

"이리 오세요."

정정이 앞장을 서자 진파랑은 그녀를 따라 걸었다. 작은 회랑을 지나자 넓은 방이 나왔고 커다란 침상이 진파랑의 눈에 들어왔다. 어른 다섯 명이 누워 자도 될 만큼 큰 침상이었다.

"목욕물을 준비할까요, 아니면 그냥 이대로 주무실 건가요?"

"목욕물을 준비해 주게."

"예."

정정이 대답과 함께 나갔고 진파랑은 침상에 앉아 운기를 시작했다.

다음 날 아침 깨끗한 백의로 갈아입은 진파랑은 정정의 안내로 고도진의 거처였던 유봉원으로 향했다. 팔왕봉의 일곱 번째 높이의 봉우리를 유봉(有峰)이라 불렀는데 유봉원은 그곳에 있었다.

유봉으로 가는 중간에 넓은 분지 같은 곳이 있는데 그곳에는 높은 담장 너머로 십여 개의 전각들이 늘어서 있었다. 그곳이 고도진이 머물던 유봉원이었다. 고도진의 수하들은 모두 유봉원을 빠져나간 상태였고 지금은 그곳에 머물던 시비들과 일꾼들만 남아 있는 상태였다.

유봉원의 정문을 넘으면 넓은 연무장이 있었고 그곳에 이십여 명의 시비들과 십여 명의 일꾼들이 있었다. 시비들은 모두 십 대 후반에서 이십 대 초중반의 여자들이었고 일꾼들은 오십은 넘어 보이는 남자들이었다. 모두 전 원주였던 고도진이 뽑은 사람들이었다.

그들의 처분은 진파랑의 손에 달려 있었다. 진파랑이 해고하면 일꾼들은 새로운 일자리를 얻어야 했고 시비들도 총당이나 성내에 마련된 기루에서 일해야 했다.

"이들은 모두 오 년 이상 이곳에서 일을 하던 사람들이에요. 그냥 쓰시는 게 좋을 듯해요."

정정이 조언했지만 진파랑은 애초에 그들을 버릴 생각이 없었다. 이 넓은 집에 혼자 지내는 건 무리가 있었다.

"그렇게 해."

진파랑의 대답에 일꾼 모두의 얼굴에 화색이 돌았다. 성내에서 일을 하는 것보다 이곳에서 일을 하는 게 훨씬 편하고 좋았기 때문이다.

내실에 앉아 차를 마시며 앉아 있던 진파랑은 한가한 시간을 보내고 있었다.

"팔왕전이라……."

천외성은 일 년에 한 번씩 비무대회를 열었고 그곳에서 올라온 자들이 팔마에게 도전했다. 팔마에게 도전했다는 것은 곧 죽음을 각오했다는 것이었고 팔마를 죽이거나 자신이 죽거나 둘 중의 하나의 선택지만 존재했다.

팔마를 죽였다면 영광과 힘을 얻을 것이고 그렇지 못하면 시체가 되어 들판에 던져지게 된다. 비무대회는 그런 곳이었다.

진파랑은 팔왕전을 떠올리며 그 대회를 통해 이세신을 죽일 수 있는 기회가 올지도 모른다고 생각했다.

또르륵!

옆으로 다가온 정정은 빈 찻잔에 차를 따라 주었다.

"저녁에는 주안상을 준비할까요?"

"술?"

"이곳에는 설화주(雪華酒)가 유명해요. 눈 속에서 숙성시킨 과일주인데 맛이 일품이지요."

"준비해 놔. 그런데 여기 시비들은 침실에서도 시중을 드나?"

"당연한 말씀을……."

정정이 얼굴을 살짝 붉히며 대답했다.

"유봉원에서 일을 하는 모든 여자는 원주님의 소유예요."

"전 원주였던 고도진의 여자들이었군?"

"맞아요. 왜요? 그 부분이 마음에 걸리시면 지 총관께 부탁해서 모두 돌려보내고 새로운 애들로 뽑으세요. 이곳에서 팔마와 함께하려는 여자들은 많아요."

"그냥 둬."

"네."

진파랑의 말에 정정은 도대체 그가 어떤 의도를 가지고 그런 말을 했는지 종잡을 수 없다는 듯 대답했다. 보통의 남자라면 여자를 좋아하게 마련이고 벌써 자신을 취하고 남았을 것이다. 하지만 진파랑은 그럴 기미조차 없어 보였다. 자신에게 관심이 없는 것 같았지만 싫어하는 눈치도 아니었다.

진파랑은 자신이 가장 싫어하는, 마음을 알 수 없는 어중간한 남자라 생각했다.

정정의 그런 마음을 아는지 모르는지 진파랑은 그저 갑작스럽게 바뀐 환경에 적응하려고 노력 중이었다. 환경이 바뀐 만큼 천외성에서의 생활에 적응을 할 필요가 있었다.

물론 짧은 시간만 머물 계획이었지만 이곳이 무덤이 될지도 모르는 일이었다.

이런저런 생각을 하는 사이 손님이 도착했다. 이곳 유봉원에 들어온 지 불과 한 시진이 흘렀을 뿐인데 누군가 찾아온 것이다.

내실로 들어오는 인물은 몇 번의 인연이 있는 영기위였다.

"반가워."

영기위의 인사에 진파랑은 그저 고개만 끄덕였다. 영기위는 진파랑의 무공이 전에 자신이 알던 그때의 실력이 아니라 더욱더 발전했다는 것에 놀라우면서도 부러웠다. 문득 자신은 그동안 무엇을 했는지 뒤돌아보게 되었다.

"설마 천외성에서 아는 얼굴을 보게 될 거라 생각지는 못했어."

"살다 보면 이런저런 우연이 있게 마련이지. 나도 내가 설마하니 천외성에서 밥을 먹을 거라 생각지는 못했으니까…

앞날은 알 수 없는 게 아니겠나?"

"알 수 없지."

진파랑의 대답에 영기위는 다시 말했다.

"네 손에 죽은 사람만 오십이 넘어……. 그들도 그날 죽을 거라 생각했을까? 불쌍한 놈은 죽은 놈들뿐이지……. 그러니 죽지 말라고."

"그러지."

진파랑은 대답 후 뒤에 서 있는 정정에게 말했다.

"술상이나 가져와."

"네, 준비할게요."

정정이 대답 후 밖에 나가자 진파랑은 영기위에게 말했다.

"술이나 한잔 마시고 가."

"좋지."

영기위는 대답하며 진파랑의 분위기가 과거와 달리 많이 차분해졌다고 생각했다.

第八章
몰아치는 혈풍(血風)

천외성의 삼봉에 자리한 중산원의 원주는 강호에서도 사파 제일의 여고수라 불리는 여원하의 거처였다.

월왕(月王)이라 불리며 월성신마라는 별호를 가진 그녀는 수많은 사람을 죽인 마인이었다. 그녀의 절대빙공은 강호의 일절이었고 한번 손을 쓰면 기필코 상대를 격살하는 여자였다. 그렇기 때문에 천외성에서도 그녀의 심기를 건드리는 사람은 없었다.

그녀가 이곳 천외성에서 유일하게 신경 쓰는 사람은 단 두 사람, 자신보다 위에 있다고 알려진 운지학과 이세신 두 명뿐이었다.

하지만 요즘 그녀의 신경을 거슬리는 사람이 한 명 더 있었는데 요 근래 힘을 키우고 있는 소소신마 배동구였다. 항상 미소를 잃지 않고 있는 자였기 때문에 소소신마라는 별호가 붙었다.

붉은 홍의를 입은 여원하는 서른 초반의 외모에 차가운 눈동자를 가지고 있는 여인이었다. 익히고 있는 무공 때문에 피부는 창백했지만 피에 젖은 듯한 붉은 입술은 유혹적이었다.

그녀는 이른 아침부터 정원을 걷고 있었다. 그녀의 옆으로 이십 대 후반의 청년이 빠른 걸음으로 다가왔다. 그는 상당한 미남자였고 강맹한 기도를 은연중에 뿌리는 인물이었다. 허리에는 은색의 검을 차고 있었으며 검은 무복에 검은 피풍의를 두르고 있었다.

"강십이 인사드립니다."

여원하의 심복이자 천외성의 팔마 중 한 명인 강십이었다. 그는 팔마의 육 위에 올라 있었고 지난 오 년간 천외성에서 가장 많은 무공의 발전을 이룬 인물이었다. 은연중 운지학이 무공을 전수했다는 소문도 나돌고 있었다.

"진파랑은 유봉원에 들어갔습니다."

강십의 말에 여원하는 고개를 끄덕이며 물었다.

"고도진을 죽였다고?"

"단 일 초에 죽였습니다."

"직접 봤어?"

"아닙니다. 목격자의 말만 들었습니다."

강십의 대답에 여원하는 흥미롭다는 눈빛을 던지며 호수로 향했다.

"일 초에 고도진을 죽였다면 그만큼 무공에 자신이 있다는 뜻이니 주의를 가지는 것도 나쁘지는 않겠지."

"예. 감시를 붙였습니다."

강십의 대답에 여원하는 만족한 듯 고개를 끄덕였고 강십은 다시 말했다.

"그런데 고도진을 자극해서 진파랑과 비무를 하게 한 것은 좋았으나 설마 그가 일 초에 고도진을 제압할 줄은 몰랐습니다. 적어도 백 초 정도의 승부를 예상했는데 의외입니다."

"고도진이 방심한 것도 있겠지. 방심하지 않았다면 최소한 이십 초는 버텼을 거야."

"이십 초라… 진파랑을 너무 높게 보시는 게 아닙니까?"

강십의 말에 여원하는 작은 호숫가에 다다르자 걸음을 멈추었다.

"상대를 높게 보는 것도 경계해야 할 일이지만 낮게 보는 것 또한 경계해야 할 일이다. 그러니 너는 진파랑을 낮게 보지 말거라."

"예, 알겠습니다."

"사람을 보내 만날 약속을 잡아."

"예."

강십은 대답 후 재빨리 신형을 돌렸고 여원하는 천천히 걸음을 옮기며 산책을 계속했다.

"드디어 왔군."

여원하의 목소리가 낮게 울렸다.

쿵!

큰 원탁이 육중한 소리와 함께 두 조각이 나더니 바닥으로 주저앉았다. 작은 먼지구름이 피어올랐고 의자에 앉은 배동구는 인상을 굳히다 손을 거두었다. 곧 그는 수염을 쓰다듬으며 옆에 앉은 노자명에게 시선을 던졌다.

"장대선이 왔다가 갔다고?"

"예, 그가 왔다 가고는 고도진이 불같이 화를 내면서 진파랑에게 달려갔다고 하더이다."

"선동당한 건가?"

"그의 자존심을 건드렸겠지요. 아니면 내기라도 했든가… 고도진의 성격을 이용한 것 같습니다."

평소 참을성이 적은 고도진은 욕구에 충실한 면이 있었다. 여자를 좋아했기 때문에 많은 여자를 곁에 두어서 그 점을 주의하라 이른 적도 있었다. 여자의 칼도 무섭기 때문이다. 하지만 고도진은 그런 부분은 크게 신경 쓰지 않았다. 어차피 자신의 무공이면 다 막을 수 있었기 때문이다. 하지만 성격은 고치려 해도 쉽게 고치기 어려운 일이었다.

진파랑이 나타나자 팔마인 장대선은 평소에 앙숙처럼 지낸 고도진에게 찾아갔고 진파랑의 무공이 고도진보다 강하니 조만간 그 자리를 내줘야 할 거라 선동했었다. 그 말에 쉽게 자리를 박차고 나간 것은 고도진이었다.

 "장대선의 계략인가, 아니면 월왕의 지시일까? 그게 궁금하군."

 소소신마 배동구는 장대선이 월왕과 관계가 좋다는 것을 알기에 노자명에게 물은 것이다.

 "조사를 해봐야지요. 그런데 월왕이 이런 일까지 사소하게 간섭할 분입니까? 제 개인적인 생각으로는 장대선 혼자 생각한 일 같습니다."

 "장대선 이 새끼… 고도진이 내 사람이란 것을 잘 알면서도 선동했다는 것은 내 권위에 도전하겠다는 것인데… 죽여야겠어."

 "그놈도 나름대로 한가락 무공이 있기 때문에 쉽지는 않을 듯합니다. 거기다 오십여 명의 수하들도 함께 있을 테니 쉽게 목을 따기는 어렵지요."

 "그래도 죽여야지."

 배동구의 살기가 방 안을 맴돌았다. 고도진이 가지고 있는 수하들은 이미 노자명과 자신의 밑으로 분산되어 들어왔지만 고도진이 차지한 팔마의 한 자리가 사라진 것은 상당한 손실이었다.

"진파랑을 고도진 대신 섭외하는 것도 좋지요. 그의 무공은 심상치 않으니 분명 큰 힘이 될 겁니다."

"그걸 몰라? 그런데 그자가 과연 손을 잡을까? 내가 볼 때 그자는 그저 한 마리 고독한 늑대로 보였어. 그런 자는 절대 타인과 손을 잡지 않아. 무리에 어울리는 사람과 어울리지 못하는 사람이 있는데 그자는 어울릴 수 없는 사람이지. 그런 자는 타인과 손을 잡으려 하지 않아."

"그래도 한번 만나보시는 게 좋겠지요."

"그건 그렇지. 자리를 마련해 봐."

"예."

노자명은 대답 후 미소를 보였다.

해가 지는 서산의 붉은 하늘을 바라보며 영기위와 진파랑은 술잔을 들어 올렸다.

"오랜만에 마시니 기분이 좋아. 목을 타는 이 느낌이 좋군, 크⋯⋯."

영기위는 살짝 달아오른 얼굴로 기분 좋은 눈빛을 던졌다. 진파랑도 가볍게 입술을 축이며 고개를 끄덕였다.

"문자경을 죽였다는 소식을 들었을 때 미쳤다고 생각했지. 그리고 곧 죽겠구나 했는데 이렇게 이곳에서 보게 될 줄이야⋯⋯."

"운이 좋았을 뿐이네."

"그 많은 천문성의 고수들을 죽이고 잘도 살아서 돌아다니는군. 그게 과연 운일까? 그건 실력이지."

영기위가 눈을 반짝이며 진정 대단한 사람을 보듯 진파랑을 바라보았다.

"천문성을 피해서 이곳으로 왔나? 이곳에 왔다고 해도 천문성의 살수를 피할 수는 없을 텐데……. 그냥 그대로 숨어서 지내지 왜 강호에 나왔어? 쓸데없이 죽음을 자초하려는 건 아니겠지?"

"네가 걱정할 필요는 없어."

진파랑의 말에 영기위는 쓸데없는 참견이라 여기고 그 부분에 대해선 생각하지 않기로 했다. 어차피 진파랑이 짊어지고 가야 할 원한이었고 운명이었다. 거기다 지금 중요한 문제는 천문성과의 관계가 아니라 이곳에서의 일이었다.

"내 문제보다 네가 이곳에 있는 게 신기하군. 왜지? 악양의 신이라 불리는 네가 이곳에 쫓겨 온 것은 아닐 테고? 궁금하군."

진파랑의 말에 영기위의 표정이 굳어졌다. 실제 그의 말처럼 영기위는 악양에선 하늘처럼 군림하는 고수였다. 중원십이풍(中原十二風)에 이름을 올릴 정도로 뛰어난 무인이었고 많은 부를 축적하고 있었다.

"군부와 엮여서 피를 본 것뿐이야. 조만간 그곳의 분위기가 잠잠해지면 다시 돌아가려고. 관과 엮이면 피곤하기 때문에 부딪치는 것보다 피하려고 한 것이야. 똥이 무서워서 피하나? 더러워서 피하지. 그런 거라고 생각하게나."

영기위의 말에 진파랑은 더 이상 묻지 않았다.

"오늘은 이만하고 그만 일어나야겠어. 내가 요즘 모시고 있는 아가씨가 있는데 성격이 좀 더럽거든."

"네가 누굴 모신다고? 후후후… 재미있군."

진파랑은 영기위의 말에 웃음을 흘렸다. 영기위가 누구 밑으로 들어갈 사람으로 보이지 않았기 때문이다. 그는 자신과 비슷한 냄새를 풍기는 늑대 같은 인물이었다.

"어쩌다 보니 그렇게 되었어. 다음에 또 놀러 오지……. 물론 그때까지 살아 있으면 말일세."

영기위는 의미심장한 눈빛을 던지며 자리에서 일어나 밖으로 나갔다. 그가 나가자 진파랑은 남은 술을 술잔에 따라 마시며 달이 떠오른 하늘을 바라보았다.

"취하지가 않아."

진파랑은 가만히 중얼거리며 흘러가는 구름에 가려지는 달빛을 찬찬히 살폈다. 그때 정정이 다가왔다.

"말동무라도 되어드릴까요?"

"그것보다 궁금한 게 있는데 대답해 줄 건가?"

"저는 원주님의 몸종이에요. 성심을 다해 답할 테니 물어 보세요."

"운지학은 어떤 인물이지?"

운지학에 대한 물음에 정정은 자신이 아는 한도 내에서 대답했다.

　"저는 지금까지 십 년 동안 이곳에 생활하면서 그의 모습을 단 한 번도 본 적이 없어요. 그는 일왕봉에서 내려오지 않으며 밑에 사람들과 대화도 거의 없다고 들었어요. 팔마와 지 총관을 제외하곤 대면하는 일도 없지요. 마월설을 양녀로 삼았는데 지금은 자주 만나는 사람이 그녀뿐인 것으로 알고 있어요."

　"그의 무공도 모르겠군."

　"본 적이 없으니 알지 못하지요. 하지만 강호의 소문으로 듣건대 천하제일에 가장 가까운 인물이 아닐까 해요."

　진파랑은 정정의 대답에 진풍자와 일기를 떠올렸다. 진정한 천하제일인이라면 일기가 아닐까 하는 게 그의 생각이었다.

　"이세신은 어떤 사람인가?"

　"그 사람 또한 단 한 번도 만난 적이 없어요. 하지만 그의 얼굴을 본 사람 중에 살아 있는 사람은 몇 없다고 들었어요. 지 총관과 성주님을 제외하고 월왕 정도만 만나는 것으로 알아요. 그의 무공이 어떤지도 제대로 들어본 적이 없어요. 이곳에서 진정한 마인이라 불릴 만한 사람이라면 단 세 명, 성주님과 이세신 그리고 월왕이에요. 그 세 사람을 가장 조심하세요."

진파랑은 그녀의 대답에 술잔을 들었다.

"그러지."

짧은 대답과 함께 술잔을 비운 그는 곧 시선을 다시 창밖으로 던졌다.

"달이 밝아……."

진파랑은 가만히 중얼거렸고 정정은 그의 빈 술잔에 다시 술을 채워줬다. 다시 한 잔의 술을 마실 때 들려오는 발소리에 진파랑은 인상을 굳히고 술잔을 내려놓았다.

창밖으로 시선을 던진 진파랑은 정정에게 말했다.

"원래 이렇게 밤에 손님이 오는 곳인가?"

"그렇지는 않아요."

정정은 대답 후 고개를 들었고 마당에 들어선 두 사람의 모습에 굳은 표정을 보였다. 그들은 강십과 노자명으로 모두 팔마에 들어가는 대단한 고수들이었다.

둘은 서로에 대해 자세히 알고 있는 사람들이었고 상당히 불편한 얼굴로 마당에 모습을 드러냈다.

강십과 노자명은 서로를 경계하는 눈빛을 던지며 내실로 들어갔다. 둘이 들어오자 진파랑은 굳은 표정으로 일어났다.

"노자명이오."

노자명이란 이름을 듣자 진파랑은 정정에게 들은 팔마의 정보를 떠올렸다. 그가 섬전신마라 불리는, 강호에서도 가장 빠르다고 알려진 인물이란 것에 눈을 반짝였다.

"진파랑이오."

노자명의 인사에 진파랑은 포권했지만 강십은 뒷짐을 진 채 반보 물러나 내실을 둘러보고 있었다. 강십은 상당한 기도를 내뿜고 있었으며 강한 적의를 드러내고 있었다. 그런 강십의 시선이 잠시 정정을 향했다.

노자명은 측문에 서 있는 정정에게 시선을 잠시 던지다 곧 진파랑을 향해 말했다.

"아직 호위도 없고 딱히 경계를 서는 무사들도 없는 것으로 보아 사람을 좀 모아야겠소. 그렇지 않으면 언제 어떻게 암습을 당해 죽을지도 모르니 말이오."

노자명의 걱정스러운 말에 진파랑은 고개를 끄덕였다.

"그렇게 하겠소."

노자명은 술잔에 술을 한 잔 따르며 다시 말했다.

"단도직입적으로 말하지. 본래 고도진은 우리 쪽 사람이었네. 그런데 그자를 자네가 죽인 덕에 고도진의 세력이 한순간에 와해되어 사라진 상태네. 물론 그 밑에 있던 유능한 놈들이야 모두 우리가 흡수했지만 고도진의 빈자리는 매우 크지. 어떤가, 우리와 손을 잡고 함께하겠나?"

"우리라면 어떤 우리를 말하는 것이오?"

"본 성에서 가장 큰 세력을 가진… 일단 동구파라 하지."

"후후……."

강십이 재미있다는 듯 그 이야기에 소리 죽여 웃었다. 그 모습에 노자명은 살짝 인상을 찌푸렸으나 크게 신경 쓰지는 않는 듯했다.

"자네 혼자 천외성에서 살아갈 수 있을 거라 생각하나? 이곳은 험한 곳일세."

"만약 노 형의 제안을 거절하면 어찌 되는 것이오?"

진파랑의 물음에 노자명은 그럴 줄 알았다는 듯 빠르게 대답했다.

"거절해도 큰 문제가 있는 것은 아니네, 단지 이곳에서 지내기가 좀 빡빡하겠지. 거기다 고도진을 죽였으니 피곤해지지 않겠나?"

노자명의 말에 진파랑은 고개를 끄덕였다.

"알겠소."

"내일 아침에 사람을 보내겠네. 그때까지 결정했으면 좋겠군."

탁!

노자명은 술을 마신 뒤 빈 술잔을 내려놓고 미련 없이 밖으로 걸어 나갔다. 강십이 있었기 때문에 쉽게 자리를 떠난 것이다. 강십과 노자명의 관계가 좋지 않다는 것을 보여주는 모습이었다.

노자명이 나가자 강십이 말했다.

"오랜만인데 반갑지가 않군."

그의 말에 진파랑은 그저 천천히 고개를 끄덕였다. 강십과 함께 여원하의 얼굴이 선명하게 떠올랐다. 여원하의 수하였던 강십이었고 그의 무공 또한 상당하다는 것을 기억했다.

"무슨 일로 왔지? 설마 좀 전의 노 형과 같은 말을 하려는 건가?"

강십은 진파랑의 말에 미소를 보이더니 그의 물음을 무시하고 자신의 할 말만 했다.

"누님께서 보고 싶어 하네. 같이 가지."

"지금 말인가?"

강십은 고개를 끄덕였다. 그 모습에 진파랑은 손을 저었다.

"오늘은 날도 어둡고 술도 한잔해서 혼자 있고 싶군. 내일 찾아가는 것으로 하지."

강십은 진파랑의 대답에 아쉽다는 표정을 보였지만 딱히 설득할 생각도 없는 듯했다. 오면 오는 것이고 거절하면 그것 또한 그의 몫이었다. 어차피 천외성에 들어온 이상 월왕의 시야에서 벗어나기 어려웠다.

"오후에 사람을 보내도록 하지."

진파랑은 고개를 끄덕였고 강십은 할 말을 다 한 듯 신형을 돌렸다. 그러다 그의 눈이 정정을 향했다. 하지만 그것도 찰나였고 강십은 천천히 밖으로 나갔다.

그들이 모두 나가자 긴장감이 맴돌던 방 안의 공기가 한순간에 풀린 듯 훈풍이 도는 듯했다.

"휴······."

정정은 긴 한숨을 내쉬며 자신을 쏘아보던 강십과 노자명의 눈빛을 잊으려 했다. 그들의 압박감에서 벗어나자 긴장이 풀린 것이다.

"세력이라··· 천외성에도 세력이 있는 모양이군······. 암중으로 싸우는 세력인가?"

정정을 향해 진파랑이 물었다. 그의 물음에 정정은 고개를 끄덕였다.

"외부에서 볼 때 천외성은 그냥 성주님의 휘하에 칠마가 존재하고 그들과 함께 지 총관이 있는 것으로 보이지만 실제로는 두 세력이 팽팽하게 대립하고 있어요. 월왕의 세력과 팔왕 중 사 위에 있는 소소신마의 세력이지요. 그 두 세력이 가장 크고 강하며 천외성의 거의 모든 것을 장악하고 있어요. 그 외에는 지 총관의 세력이고 운 성주님은 성내의 일에 관여를 안 하고 있지요. 이세신 또한 성내의 일에 관여를 안 하기 때문에 실제 월왕과 소소신마, 그리고 지 총관, 이렇게 세 사람이 천외성을 다스린다고 봐야 해요."

"월왕과 소소신마는 사이가 안 좋은 모양이군?"

"아무래도 안 좋지 않을까요? 그들의 반목은 가끔 있는 일이에요."

정정의 설명에 진파랑은 이해한다는 표정을 보였다.

"목욕물이라도 받아놔. 씻고 자야겠어."

"예."

정정은 대답 후 욕탕으로 향했다.

*   *   *

하오문의 송지중은 진파랑의 일 때문에 모든 일이 뒤로 미뤄지자 조금은 짜증이 나 있는 상태였다. 하오문주인 구자용을 죽이는 계획이 늦어지면 늦어질수록 기회는 줄기 때문이다. 구자용은 쉽게 볼 상대가 아니었다.

지탁과 함께 앉아 있는 송지중은 심기가 불편한 얼굴이었다. 지탁이 약속한 전의 일을 뒤로 미루자고 했기 때문이다. 악양에서 하오문주인 구자용을 처리하겠다던 약속을 미루자고 하니 송지중은 답답할 수밖에 없었다.

지탁은 그런 송지중의 마음을 아는지 모르는지 차를 마시며 입을 열었다.

"진파랑이 이토록 크게 사고를 칠 줄은 몰랐소이다. 그자가 본 성에 들어와 팔마 중 한 명을 죽일 거라 누가 상상이나 했겠소? 그 일 때문에 지금 매우 바쁘다오."

지탁의 말에 송지중은 애써 태연한 미소를 보였다.

"저 역시 생각지도 못한 일이라 참으로 난감합니다."

"본래 악양에 가서 하오문주인 구자용을 죽일 사람이 고도진이었소. 그런데 그자가 죽었으니 난감하오. 고도진과 함께 그의 수하들에게 이 일을 맡겼는데 참으로 안타깝소이다."

"다른 사람을 시키는 것이 어떻겠습니까?"

송지중이 조용히 묻자 지탁은 손을 저었다.

"지금 고도진이 죽으면서 성내에 감돌고 있던 긴장감이 더욱 커졌소이다. 당분간 성을 단속해야 할 것 같소……. 그 일은 성내의 일이 마무리되면 알려줄 터이니 그때 하오문주와 만날 약속을 정하시오. 그럼 처리하리다."

"알겠습니다."

속은 불편했지만 지탁의 말을 거절할 수는 없었다. 그의 말에 반대를 한다면 천외성에서 나가야 했다. 몇 년 동안 공을 들여 지금의 관계를 만들었다. 그 관계를 쉽게 버릴 수는 없는 노릇 아닌가? 송지중은 곧 미소를 입가에 걸었다.

"그럼 그게 언제쯤일지 알 수 있겠습니까?"

"한 달포는 걸리지 않겠소? 길어지면 한 계절 정도겠지."

"달포 정도면 그리 긴 시간도 아니지요."

송지중은 미소로 답했다. 한 달의 시간이라면 충분히 기다릴 수 있는 시간이었다. 지탁은 뒤에 서 있는 시비에게 말했다.

"차를 다시 가져오게."

"네."

대답과 함께 이십 대 초반의 시비가 뜨거운 차를 들고 들어와 지탁의 앞에 따랐다. 곧 시비는 송지중의 찻잔에 차를 따랐다.

또르륵!

"그런데 자네는 왜 하오문주가 되고 싶은 건가?"

"천하의 모든 정보를 이 손으로 주무르고 싶다는 작은 소망 때문이지요."

송지중은 말에 지탁은 실소를 흘렸다. 천하의 모든 정보가 작은 소망인가? 정보를 얻기 위해 사람은 목숨을 내걸고 어떤 사람은 천금을 주기도 한다. 그만큼 정보라는 것은 값을 정하기 어려운 상품이었다.

그때였다. '슥!' 하는 낮은 소리가 울렸고 송지중의 목을 뚫은 날카로운 비수가 지탁의 눈에 들어왔다.

"컥!"

송지중이 입에서 신음을 터뜨리더니 절로 눈을 부릅뜨고 시비의 얼굴을 찾으려 했다. 그때 시비의 음성이 송지중의 귀를 파고들었다.

"내 목소리도 잊었나 봐? 월성이야."

"······!"

구자용의 심복이자 하오문에서도 가장 은밀하게 움직이는 월성의 존재가 옆에 있다는 것에 놀랄 수밖에 없었다.

송지중의 어깨가 크게 흔들리기 시작했다.

주르륵!

그의 목에서 피가 흘러내려 가슴을 적시고 있었다.

슥!

비수를 뽑은 월성은 재빨리 혈도를 제압해 지혈하고 피가 흐르는 것을 멈췄다. 하지만 이미 송지중의 눈은 돌아간 상태였고 그의 심장은 멈춰져 있었다.

"배신의 최후는 죽음이지."

지탁은 차가운 눈동자로 마주 앉아 있는 송지중을 잠시 쳐다보다 시선을 월성에게 돌렸다.

"문주님께서 태행산 자락에 땅을 알아두셨답니다. 그곳에 천외성의 분타를 건립하는 것도 좋겠지요."

"교두보로 하라는 건가?"

"예."

월성의 대답에 지탁은 미미하게 고개를 끄덕이며 수염을 쓰다듬었다.

"내가 유 타주의 손을 버리고 구 문주를 선택한 것은 누가 보더라도 현명한 선택이네. 유 타주의 그릇은 문주의 그릇이 아니었지… 구 문주가 궁금하군. 한번 볼 수 있겠나?"

"때가 되면 뵐 수 있습니다."

"유 분타주의 자리는 누가 지키는 건가?"

"유 분타주를 대신해 그 밑에 있던 부분타주가 맡을 겁니다. 그는 성실히 일만 하는 자이니 잘 추스르시면 될 듯합니다."

"알았네."

지탁은 대답 후 뜨거운 김이 피어나는 차를 마셨다. 곧 시비들이 들어와 송지중의 시신을 데리고 나갔으며 방을 깨끗이 청소하기 시작했다. 그 사이로 월성의 그림자는 사라지고 없었다.

월성은 유봉원의 지붕 위에 앉아 있었다. 하오문주의 지시대로 송지중을 처리하고 진파랑을 보기 위해서였다. 실제로 그녀가 보는 것은 진파랑이 아니라 그녀의 옆 그림자에 앉아 있는 청란이었다.

"왜 왔어?"

청란은 월성을 보자 인상을 찌푸렸다. 그녀의 존재는 곧 구자용의 감시를 뜻하기 때문이다.

"네가 믿음직스럽지 못하니까 날 보낸 게 아닐까?"

"헛소리 말고 왜 왔는데?"

청란이 어둠 속에서 속삭이듯 묻자 월성은 그 옆으로 좁은 자리를 비집고 들어가 말했다.

"말 그대로야. 믿음직스럽지 못하니까 보낸 거지."

"그게 아니라 진파랑이 죽은 뒤 그의 수급을 가지고 가다 죽을지도 모르니까 보낸 거겠지. 내가 죽으면 네가 일을 대신하려는 거 아니야?"

"정곡을 찔렀군."

월성은 미소로 답했다. 청란은 인상을 찌푸리며 다시 말했다.

"진파랑이 죽으면 그의 수급을 가져가는 일이야 어렵지 않을 듯한데… 문제는 저놈이 죽을지 그게 문제라는 거지."

"쉽게 죽을 인물이었다면 벌써 죽었겠지."

월성의 대답에 청란은 고개를 끄덕이다 담장 너머로 천천히 다가오는 사람들을 바라보았다. 모두 천외성의 무사들이었고 낭인들을 비롯해 이름 좀 있는 인물들도 보였다. 그들의 수는 계속해서 늘어나고 있는 추세였다.

"저건 뭐하는 족속들이지?"

청란이 심기 불편한 표정으로 중얼거렸고 월성이 답했다.

"진 소협의 목을 원하는 자들과 이번 기회에 확실한 명성을 얻으려는 자들이겠지."

"목숨이 아깝지 않은 자들인가 봐."

"여기에서 목숨을 운운하면서 살아가는 사람이 과연 몇이나 있을까? 여긴 힘에 목숨을 건 자들이 모여 있는 곳이야."

"알아."

청란은 월성의 마치 미리 준비한 듯한 대답에 인상을 찌푸리며 짧게 대답했다.

"호위도 없고 밑에 수하들도 없으니 싸울 수 있는 사람은 진 소협 혼자뿐이로군."

"이때가 아니라면 진 소협을 죽일 수 있는 기회가 없는 것도 사실이지. 며칠 안으로 그의 호위가 생길 것이고 양대 세력이라 불리는 월왕과 소소신마 중 한 명의 편에 서서 그 비호를 받는다면 그를 죽일 수 있는 기회는 사라질지도 몰라. 우리에겐 좋은 기회 아닐까?'

월성의 말에 청란은 고개를 저었다.

"넌 진 소협을 너무 몰라."

스륵!

청란은 조용히 속삭이듯 중얼거리며 어둠 속으로 스며들었다. 그녀가 사라지자 월성은 짧은 숨을 내쉬며 검은 두건을 뒤집어쓰고 완벽하게 어둠에 동화되어 갔다.

휘릭! 휘리릭!

담장 위로 올라선 가장 앞선 무리들은 서른 명이 넘었으며 그들의 손에는 비조나 낫이 들려 있었다. 무기를 볼 때 상대를 사로잡거나 포위해 속박하기 위한 용도인 듯했는데 그들의 목적 역시 진파랑의 속박이었다.

침상에 누우려던 진파랑은 방금 막 가져온 백색 무복을 입었다. 곧 정정이 가져다준 백도를 손에 쥐고 천천히 마당으로 나갔다. 그의 눈에 옷자락 휘날리는 소리와 낮은 담장을 뛰어넘어오는 상당수의 무리들이 보였다.

"알아서 잘 숨어."

"네."

진파랑의 말에 방 안에 있던 정정은 대답 후 일꾼들과 시비들을 데리고 후원 깊숙한 곳으로 이동했다. 이곳에서 일을 하는 사람들은 모두 약간의 무공을 익힌 자들이었지만 지금 같은 상황에선 개죽음을 당할 가능성이 높았다. 거기다 진파랑에게 방해가 될 자들이었다. 그렇기 때문에 정정은 그들과 함께 숨은 것이다. 싸움은 일단 피하고 보는 게 최선이었다.

고개를 든 진파랑의 눈에 어둠 속에 뭉쳐서 날아드는 작은 점들이 보였다.

쉬쉭!

귀청을 파고드는 쇳소리와 함께 십여 개의 화살비가 떨어져 내렸다. 삼십 여장의 거리에 이층의 누각이 보였고 그 위에 서 있는 십여 명의 무사들이 날린 화살이었다. 진파랑은 도를 들어 재빨리 날아드는 화살들을 쳐 냈다.

타타닥!

회전하는 도날에 화살들을 부러졌고 진파랑의 발밑으로 떨어졌다.

"죽어라!"

외침과 함께 담장을 뛰어 넘으며 십여 명의 무사들이 일제히 달려들었다. 그들은 누가 먼저라고 할 것도 없이 진파랑을 죽이기 위해 살기를 드러냈고 필살의 의지를 보였다.

진파랑은 굳은 표정으로 도를 뽑아 들었다.

스룽!

그의 백도가 어둠 속에서 빛을 발했고 곧이어 진파랑의 신형이 사라지면서 십여 개의 백색 선이 사방으로 퍼져 나갔다.

"크악!"

"컥!"

백색의 선과 함께 빠르게 움직이는 진파랑은 달려드는 십여 명의 무사들을 베어 넘기고 담장 위에 올라섰다.

쉬아악!

기다렸다는 듯 화살비가 떨어졌지만 진파랑은 가볍게 도기를 발출했다.

파파팟!

화살들이 조각났고 그 짧은 찰나의 순간 두 개의 비수가 가슴으로 파고들었다. 화살과 비슷한 시기에 날아든 것으로 강한 힘이 실린 비수였다. 진파랑은 가볍게 도를 들어 쳐 냈다.

따당!

두 개의 비수가 땅으로 떨어졌지만 진파랑의 신형은 흔들림이 없어 보였다. 비수를 던진 장한은 그 모습에 놀란 듯 눈을 크게 떴다. 자신의 십성 내력이 담긴 비수를 쉽게 막았기 때문이다.

'이 많은 사람들이, 그것도 이 시간에 나를 죽이기 위해 일부러 찾아왔을까? 선동하는 자가 있을 터인데……'

진파랑은 이 사람들이 이렇게 한꺼번에 몰려왔다는 것과 조직적으로 움직이는 것을 볼 때 선동하는 자나 이들을 이끄는 통솔자가 있다고 생각했다. 그리고 그 머리를 찾아 죽여야

지금의 이 시작도 안 한 싸움을 쉽게 끝낼 수 있을 거라 여겼다.

진파랑은 좀 더 넓은 마당 앞에 내려섰다. 사방이 열려 있는 곳이었기에 방어하기가 어려웠지만 진파랑은 오히려 그게 편한 표정이었다. 여유가 있어 보이는 그 모습에 오히려 그를 죽이려고 몰려온 무사들이 망설이는 듯했다.

잠시의 소강상태가 이어졌고 그 시간을 깬 것은 날카로운 파공성이었다.

쉬아아악!

담장을 넘어 날아드는 인형은 이십 대 초반의 젊은 청년이었는데 그의 검이 은색의 검기와 함께 진파랑을 향했다.

진파랑의 표정이 굳어졌다. 청성파의 검술로 보였기 때문이다.

따다당!

십여 개의 검 그림자가 삽시간에 진파랑의 근처에서 회오리처럼 밀려왔다. 진파랑은 재빨리 도를 들어 검기를 막았다.

땅!

금속음과 함께 밀어붙이던 청년의 신형이 멈추더니 뒤로 십여 걸음이나 밀려 나갔다. 단 한 번의 경합으로 밀린 것이다. 청년의 표정이 굳어졌다. 그 순간 백색 선이 청년의 목으로 날아들었다. 진파랑의 도기가 허공을 가른 것이다. 그 모습에 놀란 청년은 뒤로 몸을 뛰어 오 장여나 물러났다.

"섬뜩하군."

청년은 중얼거리며 검을 늘어뜨렸다. 그때 십여 명의 무리들이 일제히 진파랑을 향해 날아들었다. 모두 천외성의 낭인 무리였고 진파랑을 죽이고 싶은 자들이었다.

"좀 참지."

"잠시 선동했을 뿐이야."

청년의 옆으로 조금 큰 덩치의 청년이 모습을 보였다. 그는 장임이었고 검을 들고 진파랑을 공격한 청년은 조무아였다. 둘의 뒤로 천문성 금마당의 당주인 사우령이 조용히 눈을 반짝이며 서 있었다.

금마당의 당원들과 사우령은 진파랑을 공격하겠다는 사람들의 틈 사이로 들어와 있었다. 그들이 천외성에 온 것은 보름 정도 전이었다. 진파랑보다 오히려 일찍 이곳에 도착한 그들이었다.

그들은 이곳에 있는 천문성 간자들의 도움으로 조용히 지내고 있었다. 그리고 성내의 소문과 오가는 사람들의 이야기를 들으며 진파랑의 위치를 파악하고 있었다. 그러다가 진파랑이 왔다는 소식에 재빨리 나섰지만 비무대에 있어야 할 그는 지 총관의 거처로 이동한 후였다.

지탁의 거처에 있다면 그를 건드릴 수 없었다. 이곳의 머리이자 지낭이라 불리는 지탁과 싸울 수는 없기 때문이다.

진파랑이 유봉원으로 이동했다는 소식이 성내에 퍼지자

그를 죽이고 그 자리를 차지하려는 무리들이 모여들었다. 그 사이로 월왕의 수하들과 소소신마의 수하들도 있었다. 그들은 자신의 힘을 입증하여 유봉원주가 되는 게 목적이었다. 지금보다 높은 곳에 올라가고 싶은 것은 인간의 본능이었고 욕심이었다.

그 욕망을 채우기 위해 이곳에 많은 사람들이 모여든 것이다. 그들은 모두 힘을 합쳐 싸우다 보면 진파랑을 죽일 수 있을 거라 생각했다. 그리고 그 행운의 주인공이 자기가 되기를 원했다. 그러한 마음으로 진파랑에게 덤벼갔다.

"크악!"

"큭!"

비명과 함께 세 명의 무사가 피를 뿌리고 바닥에 쓰러졌다. 그리고 그들이 쓰러진 자리에는 진파랑 서 있었다. 그의 눈빛은 차갑게 번들거리고 있었는데 여전히 무심했고 변함없는 표정이었다. 진파랑은 또다시 자신을 향해 달려드는 세 명의 무사들을 바라보며 한 발 앞으로 나섰다.

번쩍!

강렬한 섬광과 함께 도기가 번뜩였다.

* * *

저녁식사를 마치고 편안한 마음으로 정원을 거닐며 산책

을 즐기던 지탁은 순찰당의 당주가 급히 찾아오자 인상을 찌푸리며 집무실로 향했다.

집무실에는 순찰당의 당주인 사십 대 중반의 중년인이 서 있었다. 그는 전원중으로 순찰당의 당주를 맡고 있는 지탁의 심복이었다. 순찰당의 당주인 만큼 무공 실력은 검증받은 고수였다.

"급한 일이 있는 모양이군?"

포권하며 인사하는 전원중의 표정이 굳어 있자 지탁은 궁금한 듯 물었다. 전원중은 깊은 숨을 내쉬며 대답했다.

"지금 유봉원으로 일단의 무리들이 올라갔습니다. 불순한 의도를 가지고 올라간 것으로 보아 피바람이 불 듯한데 조치를 취해야 하지 않겠습니까?"

지탁은 그의 말에 눈을 반짝이며 진파랑의 얼굴을 떠올렸다.

"조치? 자기 몸은 자기가 지켜야지, 우리가 굳이 그 혼란에 끼어들어 피해를 볼 필요가 있겠나? 적당히 지켜보다가 진파랑이 죽으면 시신이나 수습하게."

"예."

전원중은 지탁의 말에 바로 대답했다. 지탁은 곧 궁금한 듯 물었다.

"그런데 어떤 무리들인가?"

"남문대에서 백여 명이 나타났고 쌍용회에서 백여 명 정도가 나왔습니다. 그 외에 대부문에서 삼십여 명이 나오고, 혈기문에서 삼십여 명 나왔습니다. 또 외성의 낭인들도 오십여 명이 넘습니다."

"남문대와 쌍용회라……."

천외성에 존재하는 수많은 조직들 중 중급 정도의 규모를 가지고 있는 곳이었다. 지탁은 그 두 곳이 월왕과 소소신마의 휘하에 있는 조직이란 것을 알기 때문에 이상한 듯 다시 말했다.

"월왕이나 소소신마가 진파랑을 죽이라고 명령하지는 않았을 텐데… 그랬다면 이 정도로 움직이지 않았겠지 후후… 단순한 명예를 위한 싸움인가? 그런데 진파랑도 가엾군, 마음 편히 잘 곳을 원해 이곳에 왔을 텐데 누운 곳이 검밭이라 고생 좀 하겠어… 후후후… 살아남으면 강자라는 것을 증명한 것이니 그것 또한 좋은 일이고, 죽으면 그만이니 그것 또한 나쁘지 않지. 잘 지켜봐라."

"예."

지탁의 말에 전중원은 대답 후 물러갔다.

지탁의 방을 나온 전중원은 순찰당의 인원 절반을 대동하고 유봉원을 향해 갔다. 그곳에서 일어나는 일을 눈으로 확인하고 진파랑이 죽으면 그 시신을 수습해야 했기 때문에 순찰당의 절반에 해당하는 인원을 대동한 것이다. 그 정도의 인원이 있어야 싸우고 있는 자들을 모두 막을 수 있었다.

방 안에 앉아 술잔을 기울이던 여원하는 강십이 들어오자 미소를 보였다. 강십은 여원하의 앞에 다가와 허리를 숙였다.

"분부대로 했습니다. 사람을 보낸다고 했으니 내일 만나실 수 있습니다."

"거절을 안 한 모양이군?"

"거절을 할 이유가 없지요."

강십의 대답에 여원하는 고개를 끄덕였다.

"그런데 진파랑이 우리와 손을 잡을까요? 사실 그게 걱정입니다. 그자가 굳이 우리와 손을 잡고 함께해야 할 이유가 있을까요?"

"이유는 만들면 그만이야. 내 휘하에 들어오면 천문성의 압박에서 벗어날 수 있고 그를 노리는 자객들의 손에서도 자유를 얻을 수가 있지. 이 정도면 꽤 좋은 거래야."

"예."

강십은 그녀의 말에 짧게 대답했다. 그때 급한 발소리와 함께 흑의 무사가 안으로 들어와 부복했다.

"월왕 님, 급히 보고드립니다."

"무슨 일이냐?"

"남문 대주가 진파랑을 죽이기 위해 유봉원으로 향했습니다. 남문대의 일백 대원들도 모두 향했습니다. 현재 유봉원에는 남문대뿐만 아니라 쌍용회도 함께하고 있으며, 그 외에 낭인들도 백여 명이 넘는다고 합니다. 순찰당의 절반 인원이 유봉원으로 향했습니다."

수하의 보고에 여원하는 미소를 보였고 강십은 인상을 찌푸렸다.

"어찌할까요?"

강십이 여원하에게 물었다. 여원하는 술잔을 빙빙 돌리며 말했다.

"네가 애들 좀 데리고 가서 동태를 살펴봐. 죽었으면 할 수 없고 이번 공격에서 아직 살아 있다면 도와줘."

"예."

강십은 대답 후 보고를 한 수하와 함께 밖으로 나갔다. 여원하는 술잔을 내려놓고 생각에 잠긴 듯 눈을 반짝이며 창밖을 쳐다보았다.

"인생이 심심했는데 재미있는 일이 생기려는 건가?"

진파랑의 등장으로 천외성의 사람들이 흥분하고 있자 불쑥 든 생각이다. 작은 바람이 아니라 큰 폭풍이 휘몰아칠 것 같았다. 그건 본능적인 감이었다.

쾅!

"크악!"

"으아악!"

폭음과 비명이 난무했고 수십 구의 시신들이 넓은 마당에 널브러져 있었다. 담장은 몇 군데가 터져 나가 있었고 그 사이로 시신들이 보였다. 진파랑은 천천히 전진을 하듯 대연무장을 향해 걸어가고 있었다.

그의 앞을 막는 사람은 모두 죽었고, 지금도 세 명의 낭인들이 무기를 들고 달려들었다. 진파랑의 오른손이 빠르게 십여 번 허공을 가르고 움직였다.

퍼퍼퍽!

백색 선은 세 명의 장한을 마치 두부처럼 자르면서 허공을 갈랐다.

파팟!

장한들의 몸이 잘리자 피가 튀었다. 그 사이로 진파랑은 걸음을 옮기고 있었다. 피의 진한 향기가 사방을 맴돌았지만 사방을 포위한 무사들의 살기는 여전히 그대로였다.

쌍용회의 회주인 쌍살막도 심수운은 건장한 체격에 쌍도를 허리에 차고 있는 중년인이었다. 그는 수염을 쓰다듬으며 어느새 대연무장에 나타난 진파랑을 노려보고 있었다. 그의 옆에는 부관이자 총관을 맡고 있는 삼십 대 후반의 능지청이 서 있었다.

능지청은 진파랑의 무공이 상당하다는 것에 입을 열었다.

"어제 그렇게 싸웠으면 기력을 소진할 만도 한데, 아직도 팔팔한 것을 보니 천문성의 소성주를 죽인 게 요행은 아닌 모양입니다."

"그렇겠지."

심수운은 고개를 끄덕였다. 그의 옆으로 쌍용회의 수하들이 늘어서 있었다. 아직 쌍용회는 손을 쓰지 않은 상태로 사태를 관망하고 있었다. 남문대의 대주 장호가 서편에 서서 가끔 시선을 던졌는데 누가 먼저 움직일지 서로의 눈치를 살피는 중이었다.

장호는 동편에 늘어서 있는 쌍용회의 무사들을 보고는 인상을 찌푸리고 있었다. 삼십 대 중반의 장호는 왼 얼굴에 검상이 크게 있는 사내였다. 그는 차가운 눈동자로 진파랑과 동편의 쌍용회주 심수운을 담았다.

"지금 공격할까요?"

장호의 뒤에 서 있던 부대주 사상우가 물었다. 서른 초반의 사상우는 조금 작은 키에 어깨에 검을 메고 있었다.

"쌍용회가 움직인 이후에 나가도 늦지 않아."

"예? 그전에 쌍용회가 저놈의 목을 따버리면 어찌하려고요? 그럼 모든 게 도로아미타불이지 않습니까?"

"그때는 끼어들면 그만이야. 쌍용회와 싸우지 뭐."

대수롭지 않게 대답하는 장호였다. 장호는 진파랑이 최대한 지치고 힘들 때를 기다렸다가 공격할 계획을 가지고 있었다.

"낭인들은 역시나 쓸모가 없는 놈들이야. 돈으로 고용한 놈들은 모두 죽었나?"

"대다수 선발로 나서다가 죽었지요."

장호는 사상우의 대답에 고개를 끄덕이며 진파랑을 눈에 담았다.

"조금이라도 힘을 빼게 했으니 다행이군."

진파랑의 옷은 피에 젖어 있었고 머리카락도 살짝 흐트러진 상태였다. 아직 호흡이 흐트러지지 않았지만 조만간 지칠 때가 올 것이라 확신했다. 아무리 강한 고수라 해도 이 많은 사람들을 모두 상대할 수는 없었다. 물론 그것은 어디까지나 장호의 생각이었다.

第九章
밤 깊은 곳

진파랑은 사방에 늘어선 무사들의 모습에 굳은 표정을 보였다. 하늘을 잠시 바라보니 달은 밝았고 달빛에 그림자가 드리워진 연무장의 주변으로 짙은 혈향(血香)과 살기들이 맴돌았다.

　그의 도신에서 붉은 피가 주르륵 도면을 타고 흘러내려 바닥을 적셨고, 차가운 밤바람이 불어와 그의 볼을 스쳤다.

　동편과 서편의 무리들이 나뉘어 있는 무리들 외에도 진파랑이 바라보는 남쪽으로 수십 인의 무사들이 뒤섞여 있었다. 그들은 긴장한 얼굴로 진파랑을 향해 살기를 드리우고 있었다. 하지만 쉽게 먼저 나서는 이가 없었다.

지금까지 칠십에 가까운 인원이 진파랑에게 달려들었지만 어느 누구도 살아 있는 사람이 없었다. 진파랑의 도에 목숨을 잃은 것이다. 무엇보다 진파랑은 흔들림이 없어 보였다.

"쳐라!"

커다란 외침성이 터져 나온 것은 쌍용회 쪽이었다. 회주인 심수운의 외침에 열 명의 흑의 무사가 진파랑을 중앙에 놓고 포위했다. 그들의 손에는 비조(飛爪)가 들려 있었는데 쇠사슬에 연결된 비조의 크기가 어른의 손 크기만 했다. 네 개의 쇠로 만들어진 손은 물건을 잘 잡을 듯 보였고 쇠사슬의 길이는 이 장이 넘어 보였다.

그들의 손에 들린 무기를 본 진파랑은 살짝 미간을 찌푸렸다. 까다로운 무기였고, 제대로 상대를 하려면 내력을 끌어올려야 했기 때문이다.

쉬쉬쉭!

다섯 개의 비조가 사방에서 날아들었다. 그들은 두 명이 한 조인 듯, 한 명이 비조를 날리고 남은 한 명은 비조를 손에 든 채 사태를 파악하는 것 같았다. 진파랑의 다음 동작을 보고 어떤 행동을 해야 할지 정할 것으로 보였다.

진파랑은 도를 들었고 그의 백도에서 강한 빛이 피어났다.

휘릭!

진파랑의 신형이 빠르게 한 바퀴 돌자 백색의 도광도 원형을 그리며 돌았다.

따다다당!

요란한 금속음과 함께 날아드는 비조와 도광이 부딪쳤고 수십 개의 금속 조각들이 사방으로 떨어져 내렸다. 쇠로 이루어진 비조가 마치 엿가락처럼 잘려 나간 것이다. 그때 다른 다섯 개의 비조가 신형을 멈춘 진파랑을 향해 번개처럼 날아들었고 어느새 진파랑의 오른팔과 왼팔을 감았다.

쉭!

옆구리를 잡으려던 비조는 다리를 들어 쳐 낸 뒤 다른 두 개의 비조는 신형을 틀어 피했다. 그때 십여 개의 화살들이 떨어져 내렸다. 짧은 틈을 놓치지 않고 날아드는 화살에 진파랑은 인상을 찌푸리다 양손에 힘을 주어 앞으로 당겼다.

"헉!"

"억!"

놀란 외침과 함께 비조의 주인이 두 청년이 허공으로 떠올라 진파랑의 곁으로 날아들었고 그 사이로 화살들이 떨어져 내렸다.

퍼퍼퍽!

"큭!"

"아악!"

비명성이 울렸고 화살에 몸을 뚫린 두 명의 청년이 바닥에 떨어졌다. 진파랑은 양팔에 감긴 비조를 풀고는 쌍용회의 회주인 심수운을 쳐다보았다. 그의 외침이 터졌고 비조가 날아

들었기 때문이다.

"응?"

심수운은 진파랑의 시선이 자신을 향하자 눈을 크게 떴다. 그 순간, 어느새 허공으로 솟구친 진파랑이 보였고 그의 신형이 십 장의 거리를 넘어 심수운의 머리 위로 떨어져 내렸다.

"헉!"

심수운이 놀라 쌍도를 들었다. 그 순간 강렬한 도광과 함께 거대한 백색 구체가 심수운을 삼켰다.

쾅!

"크악!"

폭음과 함께 양팔이 잘려 나간 심수운의 신형이 뒤로 밀려 나갔고 주변에 서 있던 십여 명의 무사들도 강렬한 도강의 힘을 이기지 못하고 쓰러졌다.

"헉!"

"이럴 수가!"

놀람에 찬 외침이 터져 나오는 순간 진파랑의 기도가 한순간에 사방으로 휘몰아쳤다. 그 강렬함에 사람들은 놀랄 수밖에 없었다. 좀 전까지 잔잔했던 기도가 한순간에 폭풍으로 변해 휘몰아쳤기 때문이다.

주변에 있던 쌍용회의 무사들은 진파랑의 변화에 몸이 굳은 듯 보였다. 그때 진파랑의 도에서 강렬한 백색 섬광이 거대하게 피어나 반원형을 그리며 앞으로 뻗어나갔다.

혈소풍(血消風)을 펼친 것이다.

수백 개의 도기가 도강처럼 변해 부채꼴 모양으로 뻗어나 갔고 그 사이에 있던 무사들은 미처 그 도기를 피하지 못한 채 눈을 부릅떠야 했다.

파파파팟!

수백 개의 도기가 사라지자 멍하니 서 있던 삼십여 명의 쌍 용회 무사들의 몸에 균열이 생기더니 붉은 피와 함께 바닥으 로 쓰러졌다.

"헉!"

"물러서!"

외침과 비명성이 터졌고 쌍용회의 무사들이 일제히 뒤로 물러섰다. 진파랑의 시선은 십여 장의 거리에 떨어져 있는 쌍 용회의 회주인 심수운을 향했다. 그는 이미 절명한 듯 눈이 뒤집힌 채 쓰러져 있었다.

"우엑!"

"쿨럭! 쿨럭!"

"크으윽!"

토하는 소리와 혈소풍의 도기에 휘말렸다가 살아난 자들 의 신음이 터져 나오고 있었다. 부상자들은 모두 십여 명 정 도였고 그들은 땅에 쓰러진 채 두려운 표정으로 진파랑을 쳐 다보고 있었다.

"이럴 수가… 이건… 말이 안 되지 않은가?"

쌍용회의 부회주인 능지청은 어깨를 떨어야 했다. 문득 두려운 생각이 들었다. 아주 짧은 시간에 쌍용회의 절반이 사라진 상태였다. 믿지 못할 일이었고 꿈을 꾸는 기분이 들었다. 하지만 코끝을 스치는 혈향은 진짜였고 눈앞에 보이는 처참함도 사실이었다.

"물… 물러간다."

능지청은 저도 모르게 말하며 뒤로 물러섰고 쌍용회의 무사들도 능지청을 따라 뒤로 움직였다.

"놀랍군."

"섬뜩한데요."

남문대의 대주인 장호와 부대주인 사상우도 놀란 듯 중얼거렸다.

"애초에 우리가 상대할 인물이 아니었어."

장호는 남문대가 먼저 나섰다면 저기 저렇게 쓰러진 게 심수운이 아니라 자신일 거란 생각이 들었다. 등으로 식은땀이 흘렀고 한발 물러선 선택이 삶을 주었다고 생각했다.

"먼저 나섰다면 우리 남문대가 저 꼴이 되었을 텐데… 다행이군."

"어찌할까요?"

"물러간다."

장호는 짧게 말한 뒤 신형을 돌렸고, 그 뒤를 따라 남문대가 썰물처럼 빠져나가기 시작했다. 그들이 나가자 낭인들도 슬금슬금 뒤로 물러나 유봉원으로 오르는 계단 밑으로 이동해 갔다.

진파랑은 시신들이 널브러진 연무장을 뒤로하고 대전의 계단 위로 올라가 앉았다. 그의 눈에 연무장의 문 안으로 들어오는 순찰당주 전중원이 보였다. 그의 뒤로는 백여 명의 순찰당 무사들이 있었다.

"놀랍군."

전중원은 널브러진 시신들을 바라보다 곧 코를 막고 고개를 저었다. 짙은 혈향이 그의 비위를 거스르게 만들었다.

"도대체 얼마나 죽여야 자네의 혈풍(血風)이 멈출 것 같은가?"

"그건 내가 정하는 게 아니오."

진파랑의 대답에 전중원은 땀이 나는지 소매로 이마를 훔치며 말했다.

"자네가 온 뒤로 요 며칠 너무 바쁘네. 어이! 여기 시신들 좀 치워! 물도 좀 가져오고."

"예!"

전중원의 외침에 순찰당의 무사들이 크게 대답 후 시신들을 수습하기 시작했다. 전중원은 진파랑을 향해 다시 말했다.

"시신들은 내가 치울 테니 피곤하면 안으로 들어가 쉬게나."

"끝이 아닌 것 같아 잠시 앉아 있는 것이오."

진파랑은 말을 하며 연무장의 좌측 담장 앞에 서 있는 십여 명을 쳐다보았다. 그들은 편안한 자세로 진파랑과 전중원을 바라보고 있었다. 그들 외에도 반대편에 다시 십여 명이 서 있었는데 강십과 그의 수하들이었다. 그들은 싸움에 끼어들 생각이 없는 듯했지만 재미있는 구경거리를 기다리는 눈치였다.

그 외에도 여기저기 아직 떠나지 않은 십여 명의 인물들이 사이사이에 앉거나 서서 시신을 치우는 순찰당의 모습과 진파랑을 쳐다보고 있었다.

주변을 둘러본 전중원은 살짝 인상을 찌푸렸다. 싸움이 끝난 게 아니라면 자신 또한 이곳에 더 있어야 했기 때문이다.

"이 늦은 시간에 왜들 저렇게 칼부림을 하고 싶어 하는지 원… 쯧! 일단 시신들은 다 수습해야 하니 잠시 기다리게."

절로 깊은 한숨을 내쉰 전중원은 천천히 신형을 돌렸고 순찰당의 무사들이 빠르게 시신들을 나르기 시작했다.

*　　　*　　　*

담벼락에 기대어 선 사우령은 팔짱을 낀 채 지금까지 일어난 싸움들을 모두 지켜보고 있었다. 그의 눈은 진파랑의 모습을 쫓았고 그가 조금이라도 지치기를 기다렸다. 하지만 아쉽게도 지금의 진파랑은 그렇게 지쳐 보이지 않았다.

"어떻게 하실 겁니까?"

비담이 조용히 사우령의 의중을 물었다. 사우령은 여전히 고민스러운 표정으로 서 있었다. 진파랑의 무공이 자신의 예상보다 훨씬 대단할지도 모른다고 생각했기 때문이다. 문자경을 죽이고 그 호위무사와 이름 있는 고수들을 모두 주살한 그였다.

강자가 아니라면 일어날 일이 아니었다. 장도위가 말했다.

"백천당이 안 보입니다."

"어딘가에 있을 것이다."

사우령은 천외성에 들어왔다고 알려진 백천당을 수소문했지만 그들을 찾을 수는 없었다. 하지만 분명히 이 주변에 있을 거라 생각했다.

"백천당이 어디에 있든 그게 중요한 게 아니라 저놈의 목을 벨지 말지 결정해야 합니다."

조무아가 손으로 목을 베는 시늉을 하며 조용히 읍하자 사우령은 짧은 숨을 내쉬었다. 분명 진파랑의 무공은 대단했고 지금 싸운다면 금마당도 꽤 큰 인적 손실을 입을 것 같았다. 사실 금마당의 당원 한 사람 한 사람이 모두 소중한 수하들이었고 전우였다. 단 한 명도 잃고 싶지 않은 게 지금의 마음이었다.

그래서 망설이는 것이다. 수하들이 모두 살아 돌아갈 수 있다면 망설임이 없었을 것이다. 하지만 진파랑과 싸우면 분명 수하들을 잃을 것이다. 운이 없다면 모두 죽을지도 모른다고 생각했다. 그런 불안함은 천외성에서 진파랑을 만나기 전까지 느끼지 못했지만 그를 직접 대면하고서야 들기 시작했다.

사우령은 결정을 내린 듯 짧게 말했다.

"싸운다."

사우령의 대답에 금마당의 당원들 모두 눈을 반짝였고 대답 없이 고개를 끄덕이며 전의를 불태우기 시작했다. 그들의 강렬한 기도가 조금씩 연무장으로 마치 파도처럼 퍼져 나가기 시작했다.

진파랑은 계단에 앉아 잠시 숨을 고르며 차가운 밤공기를 마시고 있었다. 헝클어진 머리카락 사이로 밝은 달과 별들이 눈에 보였다. 북두칠성도 반짝이고 있었으며 간간이 구름이 흘러가고 있었다. 문득 마지령의 얼굴이 보이는 듯했다.

"훗!"

절로 입가에 미소가 걸렸다. 왜 이런 시기에 그녀의 얼굴이 떠오른 것일까? 왜 이렇게 보고 싶은 것인지 알다가도 모를 일이었다. 그녀에게 연정을 품고 있었지만 지금에서야 그 마음이 크다는 것을 알았다.

"피를 봐서 그런 건가?"

사람을 죽였다는 것과 진한 혈향이 외로움을 가져다주는 것 같았다. 사람이 죽고 사는 것이 비일비재한 곳이 무림이었다. 어찌 보면 살기 위해 당연한 일을 한 것인데도 외로움은 막기 힘들었다.

피를 보았기 때문에 여자의 따뜻한 품이 그리운 것일까? 유난히 오늘따라 달이 밝아 그런지 누군가의 품에 안겨 잠들고 싶다는 생각이 강하게 들었다. 하지만 그건 아주 짧은 감상이었고 지나친 여유였다.

지금은 쉴 새 없이 나타나는 살의(殺意)를 품은 무인들을 상대해야 했다. 진파랑은 옆에 놓은 도를 잡고는 다시 일어섰다. 정문 너머로 거대한 기운이 다가오고 있었기 때문이다.

슥!

그가 일어나자 가벼운 바람과 함께 옷자락이 휘날렸다. 헝클어진 머리카락 사이로 반짝이는 두 눈은 정문을 넘어 걸어오는 한 사람을 향하고 있었다.

저벅! 저벅!

낮은 발걸음 소리와 함께 나타난 인물은 오십 대로 보이는 중년인이었다. 반백의 머리에 허리에는 조금 큰 중검을 차고 있었으며 눈빛은 맑게 반짝이고 있었다.

진파랑은 그 중년인을 어디선가 본 것 같은 기분이 들었다. 낯이 익은 얼굴이었기 때문이다.

"하정복이라 하네."

그가 이름을 말하자 주변에 있던 사람들 중 몇몇이 놀란 듯 눈을 크게 떴다.

"호명검객(號鳴劍客)……."

강십은 그의 이름을 듣고 인상을 굳혔다. 천외성과 연이 없는 인물이 지금 눈앞에 나타났기 때문이다. 그는 천문성의 장로였다.

스슥!

하정복의 곁으로 사우령을 비롯한 금마당의 당원들이 다가와 섰다. 사우령은 하정복에게 허리를 숙였다.

"사숙님께서 이곳까지 어인 일로 오셨습니까?"

"오랜 친구가 있기에 잠시 온 것이네."

하정복은 사우령을 잘 아는 듯 대답했다. 진파랑은 굳은 표정으로 사우령의 금마당 당원들을 쳐다보았다. 모두 한가락 할 것 같은 기도를 내뿜는 자들이었다.

"천문성의 장로가 이곳에 지인이 있다니 놀랍습니다."

"과거의 연이지."

하정복은 미소로 답했다. 진파랑은 문득 사우령도 어디선가 본 것으로 기억했다. 그리고 그가 본성에 있을 때 젊은 나이로 금마당의 당주가 된 인물임을 알았다.

"모두 천문성이군."

"과거의 연이 찾아온 것일 뿐이네. 사실 나도 놀랐네. 이런

곳에 자네가 나타날 줄이야……. 형님의 부탁도 있고 하니 그
냥 지나칠 수가 없더군."

하정복은 여유가 있어 보였다. 그는 천외성에서 진파랑을
만날 거라 생각지 못한 듯 보였다.

진파랑은 하정복이 말하는 형님이 현 천문성의 성주인 문
홍립이라는 것을 알았다.

중원천하(中原天下) 멸천세(滅天世) 문홍립

그 이름을 모르는 자는 현 강호에 없었다. 그는 분명 중원
은 패자의 놀이터라 외치며 젊은 날 천하를 주름잡았던 고수
였다. 그리고 그와 함께했던 고수들도 현재의 장로들이었다.
천문성이 무서운 것은 그때의 그 고수들이 여전히 현존하기
때문이다.

그리고 하정복은 그때 문홍립과 함께 천하를 주름잡고 다
녔던 고수 중에 한 명이었고 당시에는 어린 막내였다. 열여
섯에 강호에 나와 문홍립과 함께 이름을 알린 고수가 그였다.

"천문성… 천문성은 참 내게 질긴 인연이오."

진파랑은 씁쓸한 미소를 보이며 말했다. 그 목소리에 하정
복은 궁금한 표정으로 물었다.

"본 성은 네게 은혜를 베푼 곳이 아니던가? 본 성이 아니었
으면 길바닥에서 아사를 했거나 하류 잡배가 되어서 강호에

이름도 알리지 못한 채 어딘지 모를 곳에서 소리 없이 죽었을 거라 생각하네. 그것도 아니라면 강도나 도적이 되었겠지. 그렇지 않은가? 왜 본 성을 배신하고 이리된 것인지 물어봐도 되겠나?"

하정복의 물음에 진파랑은 살짝 미간을 찌푸렸다. 그의 말이 틀린 말은 아니었기 때문이다. 그의 말처럼 천문성이 아니었다면 어딘가에서 아사했을지도 모르고 인신매매를 당해 노예로 살아갈지도 모른다. 그것도 아니라면 하오잡배가 되었거나 강도나 도적이 될지도 모를 일이었다.

사람의 미래는 알 수 없지만 확률적으로 아무것도 가진 것 없는 고아가 선택할 수 있는 미래는 밝은 것보다 어두운 것이 많았다. 먹고살아야 했기 때문이다.

어릴 때 배고픔을 이기게 해주고 글도 가르쳐 주고 무공도 가르쳐 준 천문성은 그에게 분명 은혜를 베풀었고 그래서 그는 목숨을 다해 충성을 해야 했다. 그곳이 없었다면 성인이 되기도 전에 죽었을지도 모르기 때문이다.

하정복의 질문은 어쩌면 당연했다. 그는 진파랑의 행동을 이해하기 어려웠다. 기르던 개가 주인을 물었기 때문이다.

"이유는 뻔한 것 아니겠소?"

"뻔하다니 무슨 소리인가?"

하정복은 도통 이해가 안 되는 표정이었다.

"토사구팽… 그토록 충성했으나 천문성은 사람 취급을 안

해주었소. 천문성에서 기르던 개일 뿐이라서 그런 것이오."

"흠……."

하정복은 진파랑의 말에 씁쓸한 표정으로 수염을 쓰다듬었다. 진파랑의 말을 이해할 수 있었지만 그렇다고 해서 자신을 키워주던 천문성의 주인에게 도를 들이댄 일은 있어선 안되는 일이었다.

"자네는 단순히 다른 문도들에 비해 충성심이 약했을 뿐이네."

그 말에 진파랑의 어깨가 살짝 흔들렸다. 하정복의 말은 진파랑을 모르기 때문에 한 말이었다. 하지만 외부에서 볼 땐 그렇게 보일 수도 있었다. 물론 그것을 모르는 것은 아니었다.

"천문성에 대한 충성심은 오래전 개에게 줘버렸소."

진파랑은 슬쩍 미소를 보였다. 하정복은 씁쓸히 고개를 저었다.

"어쩌다 자네 같은 고수를 놓쳤는지 모르겠군……. 하지만 이미 본 성과 자네는 용서가 없는 다리를 건넌 처지이니 그저 아쉬울 뿐이네."

후계자를 죽인 진파랑을 천문성에서 용서할 리 없었다. 단지 진파랑과 같은 고수가 천문성의 무사였다는 것이 아쉬울 뿐이었다. 천문성에 필요한 것은 고수였고 진파랑과 같은 고수를 대우해 줘야 끊임없이 지금의 세를 유지할 수 있었다.

"아쉬울 게 어디 있습니까? 저자는 자신을 키워준 부모를 죽인 놈입니다. 패륜을 저지른 자에게 용서가 있을 리 없지요. 강호 역시 저자를 용서하겠습니까? 은혜를 저버린 자는 용서받을 수 없는 법입니다."

사우령이 조용히 말했고 그 말을 진파랑은 똑똑히 들었다.

진파랑은 싸늘한 눈빛으로 사우령과 금마당의 당원들을 둘러보며 낮은 목소리로 말했다.

"어릴 때 처음 천문성에 들어갔을 때가 그립군……. 그때 좀 더 열심히 노력해서 무공을 수련했더라면 분타의 무사가 아니라 내성의 무사가 되었을 테니까… 그럼 열심히 천문성의 개가 되어 충성을 하고 있었겠지… 그리고……."

진파랑은 홍수려 때문에 자신을 위해 죽어간 종영영을 떠올렸다. 자신에게 이름을 주고 자신에게 처음으로 사랑을 나눠준 여자였다. 아니, 어머니였다. 그녀의 유언을 아직도 가슴 깊이 새기고 있었다.

진파랑은 짧을 숨을 내쉰 뒤 미소와 함께 살기를 드러냈다.

"쓸데없는 말이 많았군. 어서 덤벼."

진파랑의 말에 사우령은 살짝 인상을 굳혔다. 그의 도발이 건방져 보였기 때문이다. 하지만 한발 앞으로 나선 것은 하정복이었다. 그는 사우령에게 슬쩍 시선을 던지며 속삭였다.

"혹시라도 내가 죽게 되면 나서지 말고 그냥 본성으로 돌아가게나."

"예?"

하정복은 진파랑의 무공을 보았기 때문에 그가 대단한 고수라는 것을 알고 있었다. 그렇기 때문에 쓸데없이 죽지 말라고 말한 것이다.

스릉!

하정복이 검을 뽑자 일반 검보다 두 배 정도 두꺼운 중검이 뽑혔고 검의 끝에는 어린아이 주먹 크기의 구멍이 뚫려 있었다. 그의 별호를 만들어준 호명검이었다.

슥!

가볍게 가슴 앞으로 들어 천천히 진파랑을 향해 검 끝을 내미는 하정복이었다.

휘이잉!

낮은 바람 소리가 그의 검에서 울리기 시작했고 그 검명에 진파랑의 표정이 굳어졌다. 귀를 파고드는 소리가 거슬렸다.

"어린아이의 잘못은 어른이 가르쳐야지."

"훈계를 하겠다는 것이오?"

진파랑은 슬쩍 미소를 보이며 물었다. 하정복은 날카로운 살기를 내뿜으며 답했다.

"훈계가 아니라 죽음이네."

핏!

하정복의 신형이 움직였고 진파랑 역시 기다렸다는 듯 앞으로 나섰다. 둘의 신형이 순식간에 부딪쳤다.

따다당!

금속음과 함께 하정복의 중검이 빠르게 진파랑의 목을 노리고 찔렀다. 진파랑은 도를 들어 중검을 밀쳐 냈지만 하정복은 검을 뒤집어 진파랑의 목을 베었다. 하정복의 기민한 움직임에 진파랑은 재빨리 허리를 뒤로 숙이며 검날을 피함과 동시에 다시 일어나며 삼도를 휘둘렀다.

파팟!

반월형의 도기 세 개가 근접한 거리에서 피어났지만 하정복은 좌우로 신형을 움직여 그것을 피하며 중검을 찔렀다. 진파랑의 복부로 향하는 중검은 흔들리는 듯 보였고 '끼아악!' 하는 기괴한 소성이 울렸다. 중검에 내력이 올라가자 주변 공기를 흡수하면서 생기는 바람 소리였다.

진파랑은 귀를 거스르는 소리에 인상을 굳히며 혈소풍을 아주 짧고 단순하게 마치 허공을 좌우로 자르듯 베어갔다.

파파파팟!

십여 개의 도 그림자와 도기가 난무했고 바람 소리가 귀신의 호곡성 같은 검영의 울림을 막아주었다.

땅!

강렬한 울림과 함께 하정복의 검과 진파랑의 백도가 부딪쳤다. 하지만 두 사람은 거의 동시에 손목으로 원을 그리며 반탄력을 튕겼고 다시 재빨리 서로의 목을 베어갔다.

땅!

금속음이 일어났고 서로의 목을 겨누던 검과 도가 허공중에 부딪친 채 마치 자석에 붙은 것처럼 딱 달라붙었다.

검과 도가 허공중에 교차되어 있었고 진파랑과 하정복의 어깨가 가볍게 떨리기 시작했다. 강한 내력과 힘으로 서로의 무기를 누르고 있었기 때문이다.

"이 년 동안 어디에 있었나? 누가 자네를 숨겼지? 본 성의 눈과 귀를 피해 있을 곳은 천하에 없는데 잘도 숨어 있었군. 어디에 있었나? 누가 도왔는지 말해보게."

하정복이 강한 내력을 내뿜으며 차가운 살기와 함께 물었다. 그의 물음에 진파랑은 인상을 굳히며 대답했다.

"노인네가 힘도 대단하오, 말할 기운이 있는 것으로 보아하니 아직 정정한 모양이오?"

"묻는 것에나 대답하게."

"산 좋고 물 좋은 곳에서 심신을 단련시키면서 잘 살았소이다."

진파랑의 대답에 하정복은 인상을 찌푸렸다.

"그 산 좋고 물 좋은 곳이 어디인지 궁금하군, 나도 가서 수련 좀 하게 좀 알려줄 수 있겠나?"

하정복의 물음은 누가 배후에서 도와주었는지 묻고 있는 것이었고 진파랑은 그것을 잘 알기에 대답할 이유가 없었다.

"집요하시군."

"성격이네."

팡!

두 사람이 거의 동시에 강한 내력을 일으켜 서로를 밀어냈다. 둘의 거리는 삼 장 정도로, 초식을 펼치기 적당한 거리를 유지하고 있었다.

第十章
꿈속에 녹는다

진가도

달이 구름에 가려 그림자가 짙게 드리울 때 둘의 살기가 커
졌다.

　중검을 앞으로 내민 하정복의 손목이 가볍게 원을 그렸다.
그러자 '휘익!' 하는 날카로운 소리와 함께 반지 크기의 아주
작은 원들이 진파랑을 향해 날아들었다. 검환을 작게 쪼개어
날린 것이다.

　지공과 같은 수준의 날카로운 기운을 담은 검환이 날아들
자 진파랑은 도막을 펼쳤다.

　따다당!

　금속음이 일어났고 도막을 뚫지 못한 검환이 사라지는 찰

나 하정복의 중검이 어느새 진파랑의 반 장 가까이 날아들었
다.

쉬아아악!

검이 고막을 진동시킬 정도의 바람 소리를 일으켰다. 칠영
검법 중 일주천명(一周喘鳴)의 초식을 펼친 하정복은 진파랑
이 재빨리 피하자 기다렸다는 듯 연환식으로 원을 그리며 십
여 개의 검풍을 만들었다.

쉬아아악!

강력한 바람 소리와 함께 검풍이 휘몰아쳐 오자 진파랑은
혈소풍을 펼쳤다.

번쩍!

콰콰쾅!

빛과 함께 폭음이 울렸고 하정복의 신형이 뒤로 오 장여나
밀려 나갔다. 그는 혈소풍을 경험하자 놀란 듯 눈을 크게 떴
다.

"무슨 도법이냐?"

진정 놀란 듯 묻는 그였다. 그의 앞 삼 장의 공간이 거의 초
토화되어 있었으며, 그의 검면에 그물 같은 선들이 그어져 있
었다.

진파랑의 혈소풍을 막으려다 당한 도상이 마치 그림을 그
린 듯 그렇게 그물을 만들어놓은 것이다.

"알 것 없소이다."

획!

진파랑의 신형이 바람처럼 하정복을 향해 날아들었고 그의 도가 강한 빛과 함께 마치 화살처럼 날아들었다. 두 번 연거푸 도강을 펼치는 진파랑에 하정복은 내력을 끌어 올렸다.

번쩍!

하정복의 검이 강한 빛과 함께 번뜩였고 칠영검법의 마지막 초식인 내명천풍(來命天風)을 펼쳤다. 그의 검이 수십 개의 빛 무리를 만들었고, 그 안으로 뛰어든 하정복은 날아드는 진파랑의 도강을 뚫고 지나갈 기세였다.

콰쾅!

폭음과 함께 강풍이 소용돌이치듯 일어났고 강한 빛이 사방으로 퍼져 나갔다. 도강과 검강이 부딪쳤으니 주변이 요동칠 수밖에 없었다.

쩌저정!

금속음과 함께 하정복의 호명검이 균열과 함께 산산이 부서져 내렸다. 하정복의 입술 사이로 핏물이 흘러내렸고 그의 이마에 작은 혈선이 그러졌다.

하정복은 오십 년을 자신과 함께한 호명검이 손잡이만을 남긴 채 사라졌다는 것에 놀라고 있었다.

"정말 놀랍도록 강하구나… 대단해……."

하정복은 진심으로 감탄한 표정으로 진파랑을 쳐다보았

다. 진파랑은 굳은 눈으로 하정복의 흔들리는 눈빛을 응시했
다.

하정복이 고개를 들어 구름에 가려진 달을 바라보았다. 잠
시 그렇게 쳐다보자 곧 구름 속에서 달이 모습을 보였고 하정
복의 눈에 물기가 맴돌았다.

"이 정도면 오래 살았지."

순간 그의 이마에서 시작된 혈선이 가슴까지 이어졌다.

퍽!

육중한 소리와 함께 피가 솟구쳤고 하정복의 신형이 앞으
로 쓰러졌다.

"헉!"

"이럴 수가!"

"숙부님!"

금마당의 당원들이 소리쳤고 강한 살기와 함께 세 명의
청년이 진파랑을 향해 달려들었다. 사우령이 시킨 것도 아
니었건만 하정복의 죽음을 보자 당원들이 분노를 참지 못
하고 달려든 것이었다. 사우령은 놀라 멈추라고 외치려 했
다.

번쩍!

강렬한 빛과 함께 수백 개의 백색 선이 마치 춤을 추듯 그
세 사람의 몸을 감싸는 것이 보였다. 그 직후 강한 바람이 일
어났고 진파랑의 신형이 흔들리는 것 같았다.

쉬아아아악!

쾅!

"크아아악!"

비명성이 울렸고 세 명의 청년이 피를 토하며 뒤로 날아가 바닥을 뒹굴었다. 그 모습에 사우령의 눈이 커졌다.

"이런 빌어먹을 새끼가!"

사우령은 수하의 죽음에 분노를 참지 못하고 검을 뽑아 들었다. 순간 그의 신형이 빛처럼 진파랑을 향해 날아들었다.

그 뒤로 나머지 인원들이 분노하며 달려들었다. 진파랑은 헝클어진 머리카락 사이로 자신을 향해 날아드는 금마당의 당원들을 눈에 담았다. 살기로 점철된 분노한 얼굴들이었고 필살의 의지가 보였다.

진파랑은 도를 고쳐 잡으며 수백 개의 도기를 발산하기 시작했다. 그 순간 그의 신형이 두 사람으로 늘어났고 두 사람의 신형이 회전하는 듯하더니 강렬한 빛이 부채꼴 모양으로 피어나 오 장여의 공간을 가득 메우기 시작했다.

쉬아아아악!

강렬한 바람과 함께 일어난 도강의 거대한 벽에 사우령을 비롯한 금마당의 당원들이 눈을 부릅떠야 했다. 이렇게 거대한 도강의 장막을 본 적은 모두 처음이었다.

그 순간 폭풍 같은 바람 소리와 함께 거대한 도강이 마치 파도처럼 밀려들어 왔다.

"젠장!"

사우령은 최대한 내력을 끌어 올리며 강기를 일으켰다.

콰콰쾅!

*　　　*　　　*

"대단한 새끼군."

강십은 연속적으로 도강을 펼치는 진파랑의 모습에 혀를 차며 중얼거렸다. 상대를 경시하지 말라는 여원하의 말이 떠올랐다.

"어떻게 할 겁니까?"

수하의 물음에 강십은 지친 듯 흔들리는 진파랑의 모습을 주시하며 대답했다.

"일단 두고 보자고."

강십은 진파랑이 얼른 쓰러지기를 바라는 듯 대답했다.

진파랑은 연속적으로 도강을 펼쳤기 때문에 사실 내력이 고갈된 상태였다. 잠깐이라도 숨을 돌릴 수 있는 시간이 필요했다.

"휴우……."

길게 숨을 내쉰 진파랑은 땀에 젖은 얼굴로 내력을 모으기 위해 숨을 들이마셨다. 그의 눈에 십여 장이나 물러난 금마당의 당주 사우령이 보였다. 그는 매우 긴장한 얼굴로 은은한 살기를 내뿜고 있었다.

연속적인 도강에도 진파랑의 기도는 변함이 없었다. 그의 기백은 더욱더 강해졌고 살기는 날카롭게 변해가고 있었다. 하지만 흘러내리는 땀방울을 볼 때 지친 것은 명백했다.

쉬쉭!

검을 든 장임이 바람처럼 빠르게 진파랑을 향해 달려들었다. 검기를 뿌리며 진파랑의 곁으로 접근한 그는 재빠르게 움직이고 있었다.

진파랑은 호흡을 고르는 찰나에 치고 들어오는 장임의 검기를 바라보며 재빨리 십여 보 움직여 검기를 피했다. 그때 빠르게 날아드는 비수와 조무아의 얼굴이 보였다. 어느새 조무아가 세 개의 비수를 날린 것이다.

"흥!"

진파랑은 도를 들어 날아드는 비수를 쳐 냈다. 큰 힘이 실린 비수였지만 막는 데 무리가 있지는 않았다. 하지만 그 잠깐 멈춘 찰나의 순간, 장임의 검이 어느새 가슴 앞까지 다가온 상태였다. 진파랑은 신형을 틀어 검 끝을 피한 뒤 장임의 얼굴에 도를 그었다.

쉬악!

도가 장임의 얼굴을 지나 백색 선을 그렸고 어느새 장임은 허리를 숙인 채 앞으로 피해 간 상태였다. 그때 진파랑의 옆구리로 혈선이 그려졌다.

"큭!"

장임은 진파랑을 지나칠 때 검을 거두며 옆구리를 벤 것이다. 하지만 지나치는 진파랑의 속도가 워낙 빨라 깊게 벨 수가 없었다.

"쳇!"

장임은 신형을 돌리며 검 끝에 살짝 묻어 있는 진파랑의 혈흔을 눈으로 쫓았다. 그때 어느새 신형을 돌린 진파랑이 독수리처럼 허공을 날아 도를 내리찍었다. 강렬한 빛과 함께 일장으로 늘어난 백색의 도기가 장임의 정수리를 향해 도끼처럼 찍어왔다.

"이놈!"

"피해!"

사우령과 조무아가 동시에 외치며 좌우에서 검기를 발산하고 진파랑을 향해 달려들었다. 장임은 놀라 뒤로 몸을 띄우며 도기의 범위에서 벗어났다.

횡!

허공을 가른 도기의 소리가 소름 돋게 울렸고 물러선 장임의 등줄기로 식은땀이 흘러내렸다. 저 도기에 맞았다면 분명히 몸은 두 조각으로 분리되었을 것이다.

진파랑은 땅에 내려서는 순간 좌우에서 날아드는 검기에

재빠르게 회전하며 십여 개의 도기를 좌우로 발산했다.

파파팟!

도기가 반 장이나 솟구쳐 나타나자 사우령과 조무아가 검을 들어 막았다.

따다당!

도기와 검날이 부딪쳐 쇳소리가 요란하게 울렸고 사우령은 그 사이로 강한 검기를 일으키며 진파랑의 허리를 베어갔다.

조무아는 충격 때문에 잠시 그 자리에 멈춰 서야 했다. 둘의 내력 차이가 명백히 드러나는 순간이었다.

진파랑은 사우령의 검을 막아야 했다. 피하는 순간 수세에 몰릴 것이 뻔하였기에 막으려 한 것이다.

쉬악!

도를 위로 쳐올리며 검기를 막은 진파랑은 우측으로 이동하며 사우령의 어깨를 찍었다. 날카로운 도기와 함께 백광이 번뜩이자 사우령은 신형을 틀어 스치듯 도기를 피함과 동시에 진파랑의 가슴을 베었다.

"……!"

진파랑은 사우령이 저렇게 과감하게 피할 거라 생각지 못했기에 날아드는 검기에 놀랐고 빠르게 우측으로 반복 이동했지만 모두 피할 수는 없었다.

슥!

검기가 가슴을 살짝 베고 지나쳤고 사우령은 주저 없이 신형을 다시 틀어 진파랑의 목을 찔렀다. 연속적인 과감한 검공이었고 백산섬기(白山閃起)의 절초였다.

핑!

날카로운 소성과 함께 점처럼 변한 광채가 진파랑의 목을 뚫는 찰나 흐릿한 신형과 함께 잔상이 맴돌았다.

픽!

진파랑은 좌측으로 삼 보 이동한 곳에 모습을 보였고 그 사이 잔상은 흐릿하게 변하더니 사라졌다. 놀란 것은 사우령이었다.

"이형환위!"

절정의 고수가 펼치는 보법이었고 진파랑 정도의 고수라면 충분히 가능할 거라 예상은 했지만 저렇게 내력을 소모한 상태에서도 펼칠 거라 생각지는 못했다.

파팟!

진파랑의 도기가 십여 개나 나타나 사우령의 전신을 감쌌다. 사우령은 재빠르게 검을 들어 막으며 뒤로 물러섰고 그 사이로 조무아의 검기가 번개처럼 진파랑의 목을 잘라갔다.

쉬아악!

허공을 가르는 소리와 함께 백색의 검날이 진파랑의 목을 향했지만 '쉭!' 소리와 함께 어느새 그의 도가 검날을 막았다.

땅!

금속음이 울리는 순간 조무아가 뒤로 물러섰고 그의 목으로 진파랑의 도날이 번뜩였다. 그때 장임의 검이 진파랑의 옆구리를 찔렀다.

"어딜!"

쉭!

번개 같은 빠르기였고 조무아의 목을 베기도 전에 옆구리를 뚫릴 위기였다. 진파랑은 할 수 없이 도를 거두며 뒤로 오보나 이동했다.

파파팟!

그의 신형이 빠르게 뒤로 이동하며 신형을 돌려 사우령의 가슴을 찔렀다. 사우령은 진파랑이 유령처럼 뒤로 물러나 몸을 돌리고 자신을 찔러오자 뒤로 날아올랐다.

팍!

땅을 차고 오르는 사우령의 모습에 고개를 드는 순간 그의 가슴으로 비수가 날아들었다.

"……!"

진파랑은 너무 놀라 본능처럼 몸을 틀었다. 전혀 예상치 못한 한 수였고 상상치 못한 일격이었다. 피할 시간도 여유도 없는 비수였다.

픽!

진파랑의 신형이 주춤거렸고 반보나 물러섰다.

"큭!"

진파랑은 어이없다는 자신의 왼 어깨에 박힌 비수를 쳐다보았다. 고개를 들어 비수를 던진 사람을 좇으니 사우령의 시야에 가린 또 다른 금마당원임을 알 수 있었다.

장도위는 자신이 던진 비수에 진파랑의 어깨가 뚫리자 아쉬운 표정으로 혀를 내밀었다. 아무리 절정의 고수라도 지금과 같은 한 수라면 분명 가슴이 뚫렸을 것이다. 그런데도 어깨에 만족해야 한다는 것이 아쉬웠다.

쉬악!

장임의 쾌검이 진파랑의 등 뒤를 여지없이 찔러갔다. 그의 쾌검은 빨랐고 진파랑은 흔들리듯 우측으로 움직였다.

팟!

잔상과 함께 움직인 진파랑의 쾌속함에 장임은 그의 그림자를 찔렀고 재빨리 몸을 돌려 진파랑을 향해 검을 들었다. 그 순간 진파랑의 신형이 회전하며 번개처럼 장임의 면전에 나타났다.

"헉!"

장임이 놀라 눈을 부릅뜨는 순간 그의 도가 목에 닿았다.

픽!

"크악!"

비명과 함께 바닥에 쓰러진 장임의 목은 반쯤 잘린 상태였고 진파랑은 피가 묻은 도날을 털어내며 사우령에게 시선을 던졌다.

"으아압!"

조무아가 십여 개의 검기를 만들며 우측에서 날아들었고 사우령은 어깨를 떨더니 내력을 끌어모았다. 그의 눈빛이 백광으로 번뜩이는 찰나 강렬한 빛과 함께 앞으로 날아들었다. 검강을 펼친 것이다.

진파랑은 조무아의 검기를 도풍으로 막았다.

슈아악!

강렬한 도풍이 폭풍처럼 조무아의 검기를 삼켜 버렸다. 그 사이로 다시 앞으로 나서려던 조무아는 검강의 빛에 멈춰 섰다.

쾅!

폭음과 함께 진파랑의 신형이 뒤로 일 장이나 밀려 나갔고 그의 양소매가 걸레처럼 잘려 나갔다.

주륵!

진파랑의 꽉 다문 입술 사이로 핏방울이 흘러내렸다. 진파랑은 짧은 숨과 함께 도를 들었고 사우령은 거친 살기를 내뿜으며 다가오고 있었다.

"네놈의 목을 잘라 버리겠다."

"웃기는군."

진파랑은 실소를 흘리며 도를 들었다. 순간 강렬한 백광과 함께 거대하게 변한 백도가 허공에서 땅으로 떨어져 내렸다.

"큭!"

사우령은 그 모습에 신음성을 흘리며 검강을 일으켜 막았다.

쾅!

폭음성이 울렸고 사우령의 신형이 뒤로 이 장이나 밀려 나갔다. 그 사이 조무아의 검이 진파랑의 옆구리를 찔렀다. 소리 없이 나타난 조무아의 검에 진파랑은 굳은 표정으로 신형을 돌리며 그것을 왼손으로 잡았다.

팟!

"헛!"

조무아는 설마 맨손으로 검을 잡을 거란 생각을 못 한 듯 놀라 눈을 부릅떴다. 하지만 재빨리 검을 비틀어 진파랑의 왼손을 잘라 버리려 했다. 그러나 곧 눈앞에 진파랑의 도끝이 보였고 세상이 검게 변하였다.

퍽!

진파랑이 조무아의 미간에서 재빨리 백도를 뽑은 뒤 신형을 돌려 날아드는 사우령의 검기 다발을 혈소풍으로 막았다.

파팟!

쉬아아악!

강한 도기와 바람이 동시에 일어났고 사우령의 검기 다발이 그 사이로 사라졌다. 그 속을 뚫고 사우령의 검이 빠르게 다가왔으며 진파랑의 도가 힘 있게 그것을 쳐 냈다.

땅!

금속음과 함께 사우령은 뒤로 오 보나 물러섰고 진파랑은 뒤로 한 보 물러섰다. 그의 왼팔은 축 늘어져 있었고 어깨에서 시작된 핏줄기가 손끝을 타고 바닥을 적셨다.

하지만 진파랑의 표정은 변함이 없었다. 그는 단 한 번도 힘들다는 표정을 보이지 않았으며 고통스러운 눈빛조차 던지지 않았다. 그 기백에 사우령은 주춤거릴 수밖에 없었다.

"이게 다인가?"

쉬악!

장도위가 사우령을 넘어 일도양단의 초식으로 도기를 발산했다. 그것이 도끼처럼 머리를 찍어오자 진파랑은 가볍게 도를 들어 막았다.

땅!

"큭!"

신음을 뱉은 것은 장도위였다. 그는 반탄력에 뒤로 튕겨 날아갔다. 그 순간 진파랑은 장도위의 가슴을 향해 삼도를 찔렀다.

세 개의 도 그림자가 장도위의 가슴을 향하는 순간, 사우령이 앞으로 나와 도기를 쳐 냄과 동시에 진파랑의 목을 향해 검을 찔렀다.

핑!

진파랑의 눈동자로 파고드는 검 끝은 더없이 빨랐다.

* * *

타타닥!

하늘 높이 솟구친 계단으로 쉴 새 없이 빠르게 올라가는 인영이 있었다. 검은 무복에 허리에는 도를 차고 있었으며 나이는 이십 대 중반으로 보이는 청년이었다. 그는 매우 빠르게 계단을 올랐다.

"헉! 헉!"

깊은 숨을 내쉬며 잠시 멈춰 선 그는 곧 다시 걸음을 옮겼고 계단의 끝에 다다르자 깊은 숨을 내쉬었다.

그는 눈앞에 보이는 대문을 열고 안으로 들어갔다. 아무도 없는 것 같은 고요함이 맴도는 곳이었고 사람의 그림자는 없어 보였다.

그가 들어가자 여기저기 호롱 불빛이 반짝였고 곧 사람의 그림자가 내실에 어른거렸다.

깊게 허리를 숙인 한도영은 의자에 앉는 인기척에 고개를 들었다.

"급히 알릴 게 있어 늦은 시간에 결례를 무릅쓰고 왔습니다."

"뭔가?"

"하정복이 죽었습니다."

"흠⋯⋯."

깊은 숨소리에 한도영은 고개를 들었다. 그의 눈에 사십 대 초반으로 보이는 짧은 수염의 장년인이 보였다. 그는 날카로운 눈빛과 강인해 보이는 턱 선을 지녔으며 전체적으로 차가운 인상을 주는 인물이었다.

"오후에 나간 친구가 죽었다라⋯ 참 어이가 없는 일이로구나."

"유봉원의 진파랑에게 죽었습니다."

한도영의 보고에 그는 깊은 숨을 내쉬었다.

"후⋯ 내 가지 말라 일렀거늘⋯⋯."

가만히 중얼거리던 그는 눈을 감았다. 진파랑과 천문성의 관계를 설명하며 가야 한다고 말하던 그의 얼굴이 떠올랐다.

"강하게 말렸어야 했어⋯⋯."

다시 한 번 중얼거린 그는 수염을 쓰다듬으며 손짓했다.

"혼자 있고 싶군."

"예."

한도영은 대답 후 일어나 밖으로 나갔다. 그가 물러가자 장년인은 한참 동안 그 자리에 미동도 없이 앉아 있었다.

"쌍용회가 완전히 아작이 났습니다."

부복한 수하의 보고에 의자에 앉아 있던 여원하는 슬쩍 미소를 보였다.

"남문대는 물러섰습니다."

"잘했군."

"명령 없이 남문대를 모두 움직인 남문대주는 어찌하실 생각이십니까?"

"남문대의 대주인데 그 정도의 일도 못 하면 되겠어? 대주를 벌할 수는 없지. 쉬라고 해."

"예."

"물러가."

수하는 대답 후 밖으로 나갔다. 여원하는 눈을 반짝이며 진파랑의 얼굴을 다시 한 번 떠올렸다.

"떡잎은 날 때부터 다르다고 하더니… 이제야 내가 사는 곳까지 온 것인가? 과연 얼마나 성장했는지 궁금하군."

여원하는 벌써부터 진파랑과 한바탕하고 싶다는 생각에 흥분되는 것을 느꼈다. 강한 사람이 있다는 것은 그만큼 즐거운 일이었다.

따다당!

금속음과 함께 뒤로 밀려난 사우령은 검을 늘어뜨렸다. 그는 땀에 젖어 있었으며 눈은 충혈되어 있었다. 눈앞에 보이는 진파랑을 죽이고 싶은데 죽일 수 없다는 것에 분노하고 있었다. 조금만 더 앞으로 전진하면 진파랑을 죽일 수 있을 것도 같았다. 그런데 그게 닿을 듯 닿지 않았고 잡힐 듯 잡히지 않았다.

약이 오를 수밖에 없었다. 하지만 무턱대고 덤빌 수도 없는 노릇이었다.

진파랑은 상당히 지쳐 있었지만 표정은 무심했고 눈빛은 여전히 차갑게 반짝이고 있었다. 그의 전신은 땀에 젖어 있었으며 호흡도 숨소리가 흘러나올 정도로 커져 있었다. 하지만 쉽게 치고 들어갈 수 없는 기도를 내뿜고 있었다.

"으드득!"

사우령은 어금니를 깨물며 다시 한 번 남은 내력을 끌어모았다. 그러자 바람도 없는데 그의 옷자락이 휘날렸고 머리카락이 움직였다. 그의 검이 반짝이는 동시에 유형의 검기가 반 장 가까이 늘어났다.

파파팟!

사우령의 신형이 세 명으로 늘어나더니 수십 개의 검기 다발과 함께 진파랑을 압박했다. 절초인 백산만파(白山萬波)를 펼쳤다.

수십 개의 검기가 마치 파도처럼 출렁이며 진파랑의 전신을 조여오고 있었다. 그 사이로 흔들리는 사우령이 보였으며 강렬한 검기는 마치 검강처럼 단단해 보였다. 그 속으로 도를 뻗은 진파랑은 다시 한 번 혈소풍을 펼쳤다.

번쩍!

콰쾅!

백광이 번뜩였고 강한 폭음과 함께 사우령이 뒤로 밀려 나갔다.

"쿨럭! 쿨럭!"

기침과 함께 피를 토한 사우령의 신형이 비틀거렸다. 진파랑이 다시 한 번 혈소풍을 펼치자 그 힘을 이기지 못하고 튕겨 나간 것이다.

"죽어라!"

외침성이 터졌고 장도위의 신형이 섬전처럼 진파랑의 머리를 베어갔다.

진파랑은 어금니를 깨물며 날아드는 장도위를 향해 도를 휘둘렀다. 순간 빛이 번쩍였고 거대한 백도의 도강이 장도위의 도를 자르고 그의 가슴을 깊게 베었다.

퍽!

"컥!"

부러진 도를 들고 땅에 내려선 장도위는 허무하게 진파랑을 응시하다 바닥에 쓰러졌다.

진파랑은 반 장 앞에서 쓰러진 장도위의 시신을 바라보다 재빨리 땅을 차고 사우령을 향해 달려들었다. 지금이 아니면 사우령을 잡을 수 있는 기회가 없기 때문이다.

쉬악!

진파랑의 신형이 빠르게 사우령을 향했고 고개를 든 사우령은 호흡을 가다듬으며 검을 들어 날아드는 도를 막았다.

땅!

"큭!"

그는 신음과 함께 비틀거리며 뒤로 물러섰고 다시 한 번 피를 토했다. 깊은 내상으로 인해 안색은 파리하게 변한 상태였고 다리는 후들거려 서 있을 수도 없었다.

진파랑은 천천히 도를 들고 그에게 다가가 살기를 보였다.

"어떻게 할 건가? 덤빌 건가?"

진파랑의 차가운 눈동자가 헝클어진 머리카락 사이로 불같은 열기를 발하며 다가오자 사우령은 저도 모르게 뒤로 한 발 물러섰다. 다시 덤빈다면 가차 없이 죽이겠다는 경고였다.

툭!

어느 순간 진파랑의 백도가 그의 어깨에 걸려 있었다.

"죽여라."

진파랑은 차갑게 사우령은 노려보다 도를 거뒀다. 사우령의 눈이 커졌다.

"살려주겠다는 거냐?"

사우령의 물음에 진파랑은 대답했다.

"가서 전해, 내가 갈 테니 그때까지 기다려 달라고 말이야."

"하하하하!"

사우령은 어이없다는 듯 진파랑의 대답에 크게 웃었다. 곧 그는 살기를 보이며 다시 말했다.

"스스로 사지(死地)에 오겠다는 것이냐?"

"내가 죽을 곳이 있다면… 그곳은 천문성이 되겠지."

진파랑의 말에 사우령은 차가운 살기를 내뿜었다.

"본 성에 오게 되면 기필코 네놈의 뼈와 살을 발라 죽은 동료들의 무덤에 바칠 것이다."

"어미 품에 안겨 투정부리는 어린아이 같은 말이로군."

"큭!"

진파랑의 말에 사우령은 분노한 듯 주먹을 움켜쥐었지만 움직이지는 못했다. 진파랑은 다시 말했다.

"마음 바뀌기 전에 가봐."

사우령은 축객령에 아무것도 할 수 없는 자신의 모습이 한스럽다는 듯 어깨를 떨었다.

"나를 살려준 것에 대해 언젠간 크게 후회할 것이다."

진파랑은 고개를 끄덕였고 사우령은 살기를 보이다 검을 챙기곤 죽은 수하들의 모습을 잠시 가만히 서서 둘러보았다.

주륵!

그의 눈가에서 눈물 한 방울이 흘러내렸다.

"함께 가지 못해 미안하다……."

사우령은 잠시 그렇게 서서 눈물을 흘리다 곧 무거운 발걸음을 옮겼다.

그가 완전히 사라지고 나서야 진파랑은 다시 계단으로 돌아가 앉았다. 곧 어깨에 박힌 비수를 빼고는 지혈을 했다. 그 순간 진파랑의 오 장 앞으로 십여 명의 인물들이 나타났다.

"자, 이제 우리도 시작을 해야지?"

강십의 목소리에 고개를 든 진파랑은 그의 입꼬리가 올라가 있는 것을 볼 수 있었다.

"좋은 모양이군?"

"이런 기회는 또 없을 것 같으니까 그렇지."

강십은 검을 쓰다듬으며 말했다. 그의 기도가 커지며 강한 살기가 물씬 풍겨 나왔다.

"예상은 했지만 노골적이군."

"우리 사이에 좋은 감정이 있었나?"

강십의 말에 진파랑은 깊은 숨을 내쉬며 고개를 끄덕이며 다시 일어섰다.

"오늘 밤은 정말 길군그래."

진파랑의 표정은 굳어 있었고 땀에 젖은 모습 속에 맹수 같은 기도가 뿜어져 나왔다.

"부상당한 늑대를 보는 것 같군. 이빨이 빠졌어도 그 기세는 변함이 없지."

강십은 미미하게 고개를 끄덕였다. 그때 강십의 머리를 넘으며 검은 그림자가 빠르게 진파랑을 향했다.

"하하하! 그 목을 받아 가마!"

"장대선!"

고개를 든 강십은 강한 도광과 함께 진파랑을 덮치는 장대선의 모습을 눈에 담았다. 지금까지 기회를 보다가 이제야 모습을 보인 그였다.

쾅!

폭음과 함께 강한 바람이 휘몰아쳤으며 강십과 그의 수하들이 뒤로 십여 장이나 물러섰다.

"큭!"

"음!"

장대선은 일 장이나 물러섰고 진파랑은 계단 옆 좌측으로 삼 장여나 밀려 나가 있었다. 허리를 반쯤 숙인 진파랑은 깊은 숨을 몰아쉬고 있었으며 상당히 지쳐 보였다.

"놀랍구나, 놀라워!"

장대선은 진파랑이 자신의 일도를 막았다는 것에 놀라운 듯 고개를 끄덕이며 다시 앞으로 나서려 했다. 그 순간 진파랑의 앞으로 검은 그림자 하나가 빠르게 나타났다.

"하하하! 이거 뭔가 재미있는데! 맹수의 이빨이 빠지기를 기다렸다가 기습이라… 장대선의 명성이 겨우 그 정도였나?"

"네놈은 누구냐?"

"나? 영기위다."

"……!"

장대선은 영기위라는 이름에 굳은 표정을 보였다.

진파랑은 자신의 앞을 막아선 사람이 영기위라는 것에 상당히 놀란 듯 눈을 크게 떴다. 영기위는 고개를 돌려 진파랑을 슬쩍 쳐다보며 말했다.

"잠시 앉아서 좀 쉬어."

"훗! 나를 지키겠다는 건가?"

"개소리… 지키긴 뭘 지켜. 그냥 도와주려는 것뿐이야."

"나를 도우면 싫어할 사람들이 많을 텐데?"

진파랑의 말에 영기위는 살짝 미간을 찌푸리며 말했다.

"주둥아리 나불거릴 힘은 남은 모양이네? 그냥 좀 앉아 쉬어."

"그러지."

영기위의 말에 진파랑은 고개를 끄덕이며 계단에 앉았다.

진파랑이 앉자 장대선은 화난 표정으로 도를 늘어뜨린 채 영기위에게 다가갔다.

"네놈이 진정 죽고 싶은 모양이구나?"

"과연 네가? 허풍은 계집 품에서나 하라고."

"이놈!"

휙!

장대선의 신형이 빠르게 지면을 박차고 마치 제비처럼 영기위를 향했다.

파파팟!

일 장의 거리까지 접근하자 십여 개의 도 그림자가 영기위의 눈앞에 난무했다.

"자… 오라고… 내 먹잇감."

영기위는 눈을 반짝이며 기다렸다는 듯이 그의 도영 속으로 파고들었다.

『진가도』 2부 2권에 계속…

초대형 24시 만화방

신간 100%, 샤워실, 흡연실, 수면실(침대석), 커플석, 세탁기 완비

■ 강북 노원역점 ■

운전면허 시험장

4호선 노원역

롯데백화점　24시 만화방

순복음 교회

서울 노원구 상계동 340-6 노원역 1번 출구 앞 3층
02) 951-8324 (화용빌딩 3층)

■ 일산 정발산역점 ■

경찰서　　정발산역

제2 공영주차장　　롯데백화점

24시 만화방

E　C　A
　　라페스타
F　D　B

라페스타 E동 건너편 먹자골목 내 객잔건물 5층
031) 914-1957

■ 일산 화정역점 ■

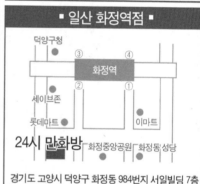

덕양구청

화정역

세이브존
롯데마트　　이마트

24시 만화방　화정중앙공원　화정동 성당

경기도 고양시 덕양구 화정동 984번지 서일빌딩 7층
031) 979-4874 (서일사우나 건물 7층)

■ 부천 역곡역점 ■

역곡역(가톨릭대)

CGV

역곡남부역 사거리

24시 만화방　　홈플러스

삼성 디지털프라자

역곡남부역 기업은행 건물 3층
032) 665-5525

■ 부평역점 ■

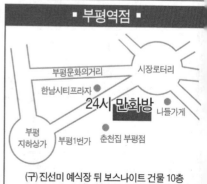

시장로터리

부평문화의거리

한남시티프라자
24시 만화방　나들가게

부평
지하상가　부평1번가　춘천집 부평점

(구) 진선미 예식장 뒤 보스나이트 건물 10층
032) 522-2871

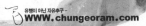

FUSION FANTASTIC STORY

탁목조 장편 소설

천공기

탁목조 작가가 펼쳐 내는 또 하나의 이야기!

『천공기』

최초이자 최강의 천공기사였던 형.
형은 위대한 업적을 이룬 전설이었다.
하지만 음모로 인해 행방불명되는데……

"형이 실종되었다고
내게서 형의 모든 것을 빼앗아 가?"

스물두 살 생일,
행방불명된 형이 보낸 선물, 천공기.
그리고 하나씩 밝혀지는 진실들.

천공기사 진세현이 만들어가는 전설이 시작된다!

Book Publishing CHUNGEORAM

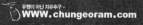

유행이 아닌 자유추구 -
WWW.chungeoram.com

FUSION FANTASTIC STORY

말리브해적 장편소설

MLB 메이저리그

유료독자 누적 1200만!

행복해지고 싶은 이들을 위한 동화 같은 소설.

『MLB-메이저리그』

100마일의 강속구를 던지는
메이저리그의 전설적인 괴짜 투수 강삼열.
그가 펼치는 뜨거운 도전과 아름다운 이야기!
승리를 위해 외치는 소리-

"파워업!"

그라운드에 파워업이 울려 퍼질 때,

전설이 시작된다!

Book Publishing CHUNGEORAM

유행이 아닌 자유추구 -
WWW.chungeoram.com

이경영 판타지 장편소설
FANTASY FRONTIER SPIRIT

그라니트
용들의 땅
GRANITE

사고로 위장된 사건에 의해 동료를 모두 잃고 서로를 만나게 된 '치프' 와 '데스디아'.
사건의 이면에 상식을 벗어난 음모가 있음을 알게 된 둘은
동료들의 죽음을 가슴에 새긴 채 각자의 고향으로 돌아간다.
2년 후, 뜻하지 않게 다시 만난 두 사람은 동료들의 복수를 위해
개척용역회사 '그라니트 용역' 을 설립해 다시금 그 땅을 찾게 되는데……

용들이 지배하는 땅 그라니트!
그곳에서 펼쳐지는 고대로부터 이어지는 운명적 만남,
깊어지는 오해, 그리고 채워지는 상처.

『가즈 나이트』시리즈 이경영 작가의 미래형 판타지 신작!

Book Publishing CHUNGEORAM

FUSION FANTASTIC STORY

인기영 장편소설

리턴 레이드 헌터

Return Raid Hunter

하늘에 출현한 거대한 여인의 형상……
그것은 멸망의 전조였다.

『리턴 레이드 헌터』

창공을 메운 초거대 외계인들과
세상의 초인들이 격돌하는 그 순간.
인류의 패배와 함께 11년 전으로 회귀한 전율!

과연 그는, 세계의 멸망을 막을 수 있을 것인가.

**세계 멸망을 향한 카운트다운 속에서 피어나는
그의 전율스러운 이야기!**

Book Publishing CHUNGEORAM

유행이 아닌 자유추구-
WWW.chungeoram.com